KB074880

그 말들이 나를 찾아왔다

그 말들이
나를 찾아왔다

한 문장수집가의
아포리즘 에세이

박
민
영
지
음

이불

아포리즘에 열중하는 인간들은

언어 한가운데서 느끼는 두려움,

모든 단어들과 함께 무너지는 데 대한

두려움을 경험한 자들이다.

- 에밀 시오랑

작가의 말

작가랍시고 여기저기 가서 아는 척도 해야 하고, 글도 써서 먹고 살아야 했기에 밑천 떨어질까 두려워 이것저것 닥치는 대로 읽어 온 세월이 깁니다.

대부분의 글쟁이들이 그렇겠지만, 읽다가 좋은 문장이라고 생각 되는 것은 그냥 지나치지 못하고 따로 베껴놓는 것이 습벽이 되었습 니다. 이 글을 쓰느라 제 노트북 '글 창고'에 베껴놓은 남의 글들의 양 을 확인해보니, 원고지 5만매 정도 됩니다.

그 안에는 사상가의 글부터 시작해서 문학가·예술인·과학자의 글 까지, 고대인부터 현존 인물의 글까지, 동양인부터 서양인의 글까지, 여전히 존경하는 사람의 글에서부터 지금은 비판의 대상이 된 사람의 글까지 총망라되어 있습니다.

자주 이 '글 창고' 안을 들여다봤습니다. 글 쓸 때마다 참고하거나 인 용할만한 것이 있을까 싶어 들여다봤고, 가끔은 그냥 심심해서 들여 다본 적도 있습니다. 그렇게 들여다보고 있으면, 대개는 새로운 영감이 떠올랐습니다. 저에겐 '글 창고'가 허기진 겨울밤의 곶감 같은 간식 창 고이자 식량 창고였던 셈입니다.

양이 적지 않다보니 다 외우지는 못하지만, 자주 들여다본 만큼 낯익은 문장들이 '글 창고'에는 많습니다. 저는 궁극의 글 형식이 아포리즘이라고 생각하는데, 특히 아포리즘이 될 만한 문장을 볼 때 더욱 애착이 갔습니다. 저도 그런 문장을 쓸 수 있다면 죽어도 여한이 없을 것 같았습니다. 그래서 머릿속에 집어넣고 되뇌고 또 되뇌었습니다.

시계나 안경, 지갑 같은 물건을 10년, 20년 사용한 사람은 그 물건을 자기 것이라 하지, 만든 사람의 것이라 하지 않습니다. 문장도 그렇습니다. 오래 간직한 것이 있다면 만든 사람의 것이 아니고, 간직한 사람의 것이 된다고 믿습니다. 오래 입은 옷에 그 사람의 체취가 배듯, 오래 간직한 문장에도 그 사람의 향기가 뱁니다.

이 책에 인용되어 있는 아포리즘은 제 '글 창고'에 있는 5만매의 문장들 중에서 아포리즘이 될 만한 것들, 그 중에서 제가 오랫동안 되뇐 것들, 거기서 다시 이 책의 성격에 맞는 것들을 가려 뽑은 것입니다. 추리고 추린 만큼 여러분의 마음에도 작은 지문 하나쯤은 남길 수 있으면 좋겠습니다.

이 책에는 제 이야기들이 다소 들어있습니다. 자신의 사생활을 파는 연예인 같은 작가는 되지 않겠다는 생각 때문에 그간 개인적인 얘기는 잘 쓰지 않았던 것이 사실입니다. 지금도 글은 모름지기 작가의 사상과 정신을 표현한 것이어야 한다는 생각에는 변함이 없습니다.

다만 독자 설득을 위해 필요하다면, 필요한 만큼만 개인적인 이야기를 하는 것은 받아들이기로 했습니다. 이 책은 그 타협의 산물입니다.

책을 내주신 김정한 대표님은 원고를 4년이나 기다려주셨습니다. 대표님을 뵐 때마다 느끼는 것이지만, 그 우직한 모습이 소를 닮았습니다. 글을 오래 기다려주신 대표님께 죄송함과 고마움을 함께 전합니다.

2018년 늦가을.
박 민 영

목차

노
동
하
거
나

살
아
가
거
나

예술하거나

사랑하거나

나의 조각배가

침몰했다 하더라도,

그것은 또 다른 바다를 향해

떠난 것뿐이리.

- 윌리엄 채닝

작가로 산다는 것

예전에는 내가 늘 중심이었으면 했다. 이런 생각이 든 것은 언제부터였을까? 아마 대학 시절에 감투를 쓰면서부터였던 것 같다. 나는 전국대학생문학연합 의장을 했는데, 그 조직은 전국의 운동권 문학동아리연합 같은 조직이었다. 지금은 없어졌지만, 당시로서는 우리나라에서 하나 밖에 없는 전국단위의 대학생 문학운동조직이었다. 아마 그때부터 부지불식간에 주인공(?) 병이 스며들지 않았나 싶다.

주인공 병은 졸업한 후에도 지속되었다. 생계 때문에 출판사에서 일을 하기는 했지만, 그 때도 '이거 순 작가들 뒤치다꺼리 해주는 일 아냐?'하고 생각했었다. 출판사를 그만 둔 이유들 중 하나였다.

그리고 작가가 되었다. 많은 글쟁이들의 꿈이 그렇듯, 나도 역사에 길이 남을 만한, 좋은 글을 쓰고 싶었다. 그리고 고군분투하기를 15년. 그러나 세상은 만만치 않았다.

그러다 보니, 벌써 나이 오십이 되어버리고 말았다. 글다운 글은 써보지도 못하고 이제 써 보려는데 벌써 이 나이다. 칼을 빼서 적과 제대로 싸워보기도 전에, 칼이 녹슨 꼴이다.

좋은 글을 써서 문명(文名)을 날려보겠다는 꿈을 접은 것은 아니다. 그러나 지난 15년이 그랬듯, 앞으로 남은 세월 역시 별 볼 일 없을지 모른다는 생각도 든다. 인생의 반환점이 지나고 보니, 사뭇 이런 생각이 드는 것이다.

사람은 뜻이 있어야 한다. 살아가는 데 있어서 일정한 가치를 세우고, 그 방향을 향해 가야 한다. 목적지를 설정하고 앞으로 나아가지만, 목적지에 도달할지 그렇지 못할지는 아무도 모른다.

나는 책에 "글로써 자신과 세상을 변화시킬 수 있다고 믿으며 글쓰기에 전념하고 있다"고 프로필을 쓴 적이 있다. 내가 글 쓰는 궁극적인 목적은 세상을 진보적으로 혁신하는 것이다. 그러나 내가 세상을 바꾸는 데 얼마나 이바지했는지 모르겠다. 구호만 거창했던 것 같기도 하다.

집 가까운 산을 오르다 보면, 나도 모르게 개미들을 밟을 때가 있다. 그러면 개미들이 죽는다. 개미들로서는 그런 날벼락이 없을 것이다. 개미로서는 '왜 저 거대한 발자국이 하필 나를 깔아뭉갰을까? 운도 없다.'하며 억울해할지 모르겠다. 그러나 거시적 관점에

서 보면, 내가 짓뭉개졌다고 슬퍼할 일도 아니고, 다른 개미가 짓
뭉개졌다고 기뻐할 일도 아니다.

우리 인생도 마찬가지다. 나에게는 일정한 뜻이 있고, 그 뜻을
품고 일정한 방향을 향해 나아가지만, 언제 어떤 재앙이 닥쳐 좌
절될지 모른다. 특별한 재앙이 없더라도 능력 부족으로, 혹은 운
이 없어 뜻을 이루지 못하고 죽을 수도 있다. 그럴 때 '저 사람은
왜 행운이 따르고, 나에게는 왜 불행이 닥칠까?' 해봤자 부질없을
것이다.

채닝의 말은 역사의식 속에서 이해되어야 한다. 한 사람 한 사람
의 말, 행동, 의식, 도덕, 문화는 일정한 사회적 흐름을 만들어낸다.
특히 뜻을 가진 사람들의 말, 행동, 의식, 도덕, 문화는 일정한 방향
속에서, 더욱 왕성하게 일정한 흐름을 만들어낸다.

나도 마찬가지다. 작가로서의 삶이 큰 성과를 내지 못하더라도
그것이 허무한 것만은 아닐 것이다. 독자들 몇 명이라도 내 글에
영향을 받는다면, 그 역시 작은 흐름을 만들어낼 것이다. 그리고
그 흐름들이 모여 큰 흐름을 만들어낸다. 그것을 '사회적 업보'라
말할 수 있을까? 그럴 수 있을 것 같다.

작가로 산다는 것

유럽에서는 남녀가
서로 사랑하기 때문에
성관계를 가진다.

남태평양에서는
성관계를 가졌기 때문에
사랑한다.
누가 옳은가?

- 폴 고갱

'사랑'이라는 의지

서로 사랑하기 때문에 성관계를 갖는 것은 상식이다. (물론 성폭행이나 성매매는 빼고 하는 말이다.) 사랑이 먼저 있고, 성관계가 있다.

고갱은 이에 의문을 제기한다. 남태평양에서는 성관계를 가졌기 때문에 사랑하는데, 전자와 후자 중 무엇이 옳은지는 쉽게 결정할 수 있는 문제가 아니라는 것이다.

우리 사회도 몇 십 년 전으로만 거슬러 올라가면 남태평양 같은 방식이 횡행했다. 서로 얼굴도 모르던 남녀가 집안에서 결정해준 혼사에 따라 하룻밤을 치르고 사랑하며 평생을 사는 일이 흔했다.

유럽과 남태평양의 방식 차이는 생각만큼 크지 않을지도 모른다. 사랑과 성관계의 관계는 일방적이지 않기 때문이다. 사랑의 감정이 성관계를 하게 만들기도 하지만, 성관계를 하고 나서 사랑의 감정이 생기기도 한다.

사랑은 감정의 문제일까? 감정이 기본이긴 하지만, 감정만은 아

니다. 사랑은 의지다. 이를 테면 프로포즈할 때 "나는 평생 너만을 사랑하겠다."고 말하는 것은 의지의 표명이다. 결혼식 날, "삶을 다하는 날까지 사랑하며 존중하겠다"고 서로 서약을 하는 것도 의지의 표현이다.

서동진의 말을 빌리면, 사랑은 선언과 함께 시작된다. 판사가 판결을 내리는 순간 죄인이 되는 것처럼, 선언과 더불어서 사랑은 시작된다.

인간의 감정에는 늘 기복이 있다. 오늘 다르고 내일 다르다. 사랑은 감정이라고 생각하고, 감정에만 치중하다 보면 사랑은 불안정해진다. 그 감정의 기복을 잡아주는 것이 의지다. 우리는 서로의 의지를 믿고 연애하고, 성관계를 갖고, 결혼도 한다.

섹스에는 세 가지가 있다고 한다. 아이를 갖기 위한 섹스, 짝짓기를 위한 섹스, 짝을 유지하기 위한 섹스. 둘 사이의 관계를 풍요롭게 하고 친밀감을 높이는 데 있어서 섹스가 중요한 역할을 하는 것은 사실이다. 그러나 그렇다고 해서 사랑이 곧 성관계인 것은 아니다.

예를 들어 육체적 관계에만 집착하는 남자가 있다고 하자. 그 남자에게 여자가 이렇게 말할 수 있다. "사랑한다면서 할 게 섹스밖에 없어?" 이럴 때의 성관계는 얼마나 남루한가.

우리는 흔히 무엇이 가치가 있다고 생각해 그것을 지킨다. 그러나 반대로 오랫동안 지키는 것에 의해 가치가 생겨나기도 한다. 사랑이 그렇다.

최근 알츠하이머에 걸린 아내를 조수석에 태우고 다니며 보살피는 택시기사의 사연을 신문에서 봤다. 손님들의 전언에 따르면, 기사는 "앞자리에 앉은 사람은 알츠하이머(치매)를 앓고 있는 제 아내입니다. 양해를 구합니다."라는 쪽지를 붙여놓고 택시를 몬다. 그리고 운행 중 아내가 심심할까봐 계속 말을 건다.

기사가 '집에 빨래를 널고 나올 걸 그랬다'며 '당신이 헹궈 널 수 있겠냐' 물으면, 아내는 철없는 아기마냥 앙칼지게 '안 해, 싫어!' 한단다. 그렇게 서로 투닥거리면서도 기사는 계속 말을 건다고 한다.

아내가 사탕 먹고 싶다고 말하면 기사가 사탕을 준다. 그런데 조금 있다 아내가 또 다시 "그거 사탕이야? 사탕 줘." 한다. 사탕 먹은 것을 기억하지 못하는 것이다. 기사는 짜증내지 않는다. "아까 줬는데, 내가 안 줬나?" 하면서 다시 사탕을 건넨다. 그러면서 아내 심심하지 말라고 콧노래를 불러 준다 한다. 눈물 나는 이야기다.

우리가 상대방을 사랑하는 이유는 많다. 매력적인 모습, 목소리, 태도, 유머, 몸매, 헌신 등등. 그러나 치매에 걸린 아내에게는 그 어떤 것도 기대하기 힘들다. 그럼에도 이 기사는 아내를 사랑한다.

사랑의 위대함은 이런 것에 있는 게 아닐까? 사랑의 이유라고 불렸던 것들이 모두 사라진 후에도 여전히 사랑하는 것. 그 지속성과 의지.

먹는 음식에는
고기가 없어도 무방하나
거처에는
대나무가 있어야 한다.

- 소식

아버지의 유산

어릴 적 가게에 딸린 단칸방에서 다섯 식구가 살았다. 어머니, 아버지, 남매 셋, 그렇게 다섯이서. 아버지는 조그만 양복점을 했었다. 가게에 딸린 방은 크지 않았다. 방이 좁다 보니, 어머니는 가게에 있는 다이(臺)에서 주무셨다.

양복점이나 세탁소를 가본 사람은 알 것이다. 주인이 다림질이나 재단을 할 때 쓰는 작업대 말이다. 작은 몸집의 어머니는 거기서 주무셨다. 방에 들어와서 주무시라 해도 어머니는 늘 "나는 저기가 편하다"고 하시며, 극구 거기서 주무셨다.

거기서 자는 것이 편할 리 없었다. 건물 안이기는 하지만, 한데나 다름없었기 때문이다. 특히 겨울이 문제였다. 가게는 난방이 되지 않으니까. 어머니는 사시사철 노숙을 한 셈이었다.

나는 지금도 이것만 생각하면, 돌아가신 아버지가 원망스럽다. 어떻게 아내를 그렇게 십 수 년 동안 자게 내버려둘 수가 있나 하는 생각이 든다. 아버지가 가난했던 것을 타박하는 것이 아니다.

살다보면 가난할 수도 있다. 가난은 죄가 아니다. 그러나 가장으로서 최소한 아내가 발 뻗고 잘 공간은 마련하려고 분투했어야 한다고 생각한다. 그러나 아버지는 그러지 않았다. 늘 술 마시고, 놀러 다니길 좋아했다. 대책 없는 한량이었다.

아버지에게는 좋지 않은 버릇이 하나 더 있었다. 그렇지 않아도 비좁은 단칸방에 예술품들을 들여놓곤 하는 것이었다. 그림, 도자기, 수석, 분재, 박제 같은 것들이었다. 잊어버릴 만 하면 낯선 사람들이 '사장님이 주문한 것'이라며 이런 것들을 방에 들여놓고 갔다. 식구들이 운신할 공간은 더욱 좁아졌다.

지금 생각하면 그리 수준 높은 작품들도 아니었다. 아버지는 배움이 짧은 사람이었다. 영화나 노래 같은 것을 좋아하기는 했지만, 좋은 작품과 그렇지 않은 작품을 구별할 심미안이 있다고 할 수는 없었다.

게다가 질이 좋건 안 좋건 그림, 도자기, 수석, 분재, 박제 같은 것들은 의식주와는 상관없는 사치품이었다. 다섯 식구 먹고 사는 것만도 빠듯한 형편에 그것은 결코 싼 물건들이 아니었다. 그래서 돈 없는 아버지는 어떻게 했던가. 물건들을 일단 외상으로 들여놓고 양복이며 와이셔츠를 만들어주는 것으로 물건 값을 갚아나갔다.

아버지 혼자 일해서 이 빚을 갚아나가는 것도 아니었다. 양복점은 사실상 어머니와 함께 하는 것이었다. 어머니도 양재 기술자였기 때문이다. 사람들 눈에는 어머니가 아버지의 시다(보조)처럼 보였겠지만, 실제로는 전체 작업에서 어머니가 해내는 몫이 아버지보다 컸다.

그럼에도 아버지는 이런 물건들을 들여놓는 것을 어머니와 일말의 상의도 없이 결정하곤 했다. 그리고 어머니는 울며 겨자 먹기로 빚을 함께 갚아나갈 수밖에 없었다.

아버지는 왜 이런 사치품에 관심을 갖게 됐을까? 아마 양복 일을 했기 때문일 것이다. 당시에는 양복쟁이 일이 고급 기술 중 하나였다. 기성 양복이 공장에서 쏟아져 나오기 시작한 것이 1980년대 즈음 부터였다. 그 전까지 양복은 양복점에 가서 맞춰 입어야 하는 옷이었다. 값도 비쌌다. 고급 양복은 웬만한 월급쟁이 한 달 월급에 육박했다. 양복을 입고 출퇴근하는 공무원이나 교사들도 고작 양복 2~3벌로 돌려가며 입는 경우가 흔했다.

비싼 물건을 팔려면 가게의 인테리어도 고급스러울 필요가 있었다. 그래서 양복점 주인들은 고급 소파에 수석이나 박제, 분재 같은 사치품으로 가게를 꾸미는 경우가 많았다. 양복을 늘 맞춰 입는 사람들도 대개는 번듯한 직업을 가진 사람들이었다. 그런 사람들을 상대하기 위해서라도 양복점은 고급스러운 분위기를 연출할 필요가 있었다.

아버지는 초등학교도 졸업을 못 했지만, 양복 기술을 가진 덕에 중산층 손님들을 상대하게 되었다. 나름 고급 손님들을 상대하게 된 것도 사치품에 관심을 갖게 된 계기였을 것이다.

아버지의 경우는 여기에 덧붙여 허세가 작용했다. 예술에 대한 관심도 없지는 않았겠지만, 그보다는 부잣집에 있는 물건들을 미리 갖고 싶다는 욕망이 컸다. 성격 급한 아버지는 부자가 되기도 전에 부잣집에서 본 물건들, 그 문화적 취향들을 입도선매(立稻先賣)했던 것이다.

아버지는 실속과는 거리가 먼 사람이었다. 이런 식으로 늘 빚을 만들어내는 통에 버는 돈은 고리의 이자와 함께 술술 빠져나갔다. 아버지의 허황된 욕심 때문에 가족들 마음고생도 심했다.

그렇다면 아버지는 헛일을 했던 것일까? 그렇지는 않은 것 같다. 내가 현재 글 쓰는 일에 종사하고 있기 때문이다. 돌아보면 내가 책에 관심을 갖게 된 것도 아버지 때문이었다.

예전에는 집집마다 돌아다니며, 전집류를 파는 방문판매원들이 많았다. 아버지는 부잣집 서재를 흉내 내기 위해 〈세계문학전집〉이나 〈한국문학전집〉 같은 금장(金裝)의 전집류들을 사다 장식장

에 넣어놓았다. 나는 심심할 때마다 그 책들을 꺼내 읽으며, 책 읽는 맛을 알았다.

아버지는 본의 아니게, 사람은 먹고 사는 것만으로 충분한 존재가 아니라는 것을 내게 가르쳐주고 말았다. 사람은 문화적 존재다. 사람은 먹고 사는 것 이상의 것을 즐길 줄 알아야 한다.

나는 늘 빚을 만들어내는 아버지를 싫어했다. 그러면서도 아버지가 물려준 기질적 유산을 품고 산다. 아이러니한 일이 아닐 수 없다.

좋은 영화음악이란
영화보다 늦게 기억되는
음악이다.

- 한스 짐머

음악은 힘이 세다

20여 년 전의 일이다. 나는 버스를 타고 어디론가 이동 중이었다. 햇볕이 좋은 날, 좌석에 앉아 무심히 창밖을 바라보며 가고 있는데, 버스에서 노래 한 곡이 흘러나왔다. 팝송인데, 처음 듣는 곡이었다. 동양적 신비로움과 애절함이 있는, 아름다운 곡이었다.

노래는 도입부부터 귀를 잡아끌더니, 점점 가슴을 적셔오기 시작했다. 음악을 듣노라니, 주책맞게도 나의 눈에 눈물이 그렁그렁 차올랐다. 난감한 일이었다. 벌건 대낮에, 젊은 사내가, 그것도 버스 안에서 노래를 듣고 눈물을 흘리다니. 우는 걸 들키지 않으려고 고개를 푹 숙였다. 노래가 끝나고 나서도 한참 동안 감정을 추스르느라 힘들었다.

나중에 알고보니, 그 노래는 영화 〈타이타닉〉 주제가 "My heart will go on"이었다. 영화 〈타이타닉〉이 대성공을 거뒀다는 얘기는 들었지만, 아직 보지 못한 상태였다.

당시 나는 실연 상태에 있었다. 이별 후, 많이 외롭고 쓸쓸했다.

음악을 들을 때도 헤어진 여자 친구 생각이 많이 났다. 오랫동안 사귄 친구였다. 많이 사랑하고 미워했었다. 음악이 흐르는 동안, 여자 친구와 함께 했던 날들이 파노라마처럼 머릿속을 스쳐지나갔다. 그립고, 아팠다.

지금도 그녀를 생각하면 떠오르는 노래가 몇 곡 있는데, 그 중하나가 "My heart will go on"이다. 이 노래를 버스에서 처음 들은 이후, 그녀와 이 노래는 불가분의 관계를 갖게 되었다.

그러나 영화를 보고 난 후에는 조금 바뀌었다. 노래의 애절함과슬픔은 영화 속의 극적인 이미지들로 다소 대체되었다. 영화를 보기 전에 먼저 노래를 들어서 그렇지, 영화를 먼저 봤다면 노래에 나의 사적 경험이 깃들기는 더욱 어려웠을 것이다. 그런 것을 보면, 영화음악은 확실히 영화에 복무한다.

영화음악은 영화의 극적인 장면, 정서, 분위기들을 떠올리게 한다. 이를 테면, 영화 〈태극기를 휘날리며〉의 주제곡 "지난 기억"을들으면 진태와 진석 형제가 서로 아끼며 살았던 평화로운 일상들, 진태의 광기 어린 전투신이 떠오른다.

영화음악의 거장 엔니오 모리꼬네의 음악으로 유명한 영화 〈시네마 천국〉의 주제곡을 들으면 소년 토토와 영화관의 영사기사 알프레도의 우정 어린 장면들이나, 토토의 첫사랑 엘레나의 모습이 떠오른다.

미야자키 하야오 감독의 애니메이션에 나오는 음악을 들을 때
도 마찬가지다. 그의 그림 특유의 분위기와 환상적인 장면들이 떠
오른다.

영화를 볼 때, 우리는 영화음악을 별로 의식하지 않고 본다. 그
냥 배우들의 연기와 서사에 집중할 뿐이다. 그러나 영화음악은 단
순한 배경음악이 아니다. 만약 영화음악을 제거한 영상을 본다면,
연기도 민숭민숭하게 느껴질 장면들이 많을 것이다.

흐르는 음악 속에서 화면에 나타나는 모든 움직임들, 인간과 자
연의 움직임들은 율동이 되고, 낭만적 서사가 된다. 영화음악은 연
기와 서사에 정조를 덧입히는 것과 같다. 영화음악을 통해 극성(
劇性), 서정성, 낭만성은 배가된다.

영화를 볼 때에는 의식하지 않았던 영화음악이 나중에는 그 영
화 자체를 상징하게 된다. 그 음악만 들어도 영화의 스토리와 분위
기가 축약되어 머리와 가슴 속에서 되살아난다.

음악을 들으며 느끼는 기쁨은 음표들이 만들어내는 소리 자체
에 의해 만들어지는 것처럼 보인다. 그러나 그것은 우리의 경험
수준과 관계가 있다. 예를 들어 똑같은 영화를 봤더라도, 영화에

서 더 깊은 인상을 받은 사람이 영화음악을 통해 느끼는 기쁨은 더 클 것이다.

우리가 영화음악을 들으며 환기하는 것은 영화 속 논리나 의미가 아니다. 영화를 볼 때 체험했던 쓸쓸함, 환희, 고독, 우울, 행복감 같은 정서다. 그 정서적 체험과 자신의 내적 체험이 음악을 통해 효과적으로 결합되면, 긍정적인 감정이든 부정적인 감정이든 이상적인 것으로 변한다. 자신의 경험, 세상에 대한 자신의 반응이 소중하고 아름다운 것이 된다.

음악은 힘이 세다

풍경이 내 안에서 성찰하고,
나는 그 의식이 된다.

- 폴 세잔느

영혼의 풍경

사람마다 자신이 본 것 중에 가슴에 남아있는 인상적인 풍경이 있을 것이다. 나의 경우는 안면도의 꽃지해변이었다. 대학 다닐 때, 여자 친구와 갔었다. 거기서 무얼 봤었나. 아름다운 바다 풍경? 아니다. 나도 그런 것을 기대하고 갔지만, 우리가 마주한 해변 풍경은 당혹스러운 것이었다.

거기에는 해무가 천지분간이 안 되게 짙게 깔려있었다. 팔을 앞으로 뻗어서 보면, 손가락 끝이 안 보일 정도로 지독한 안개였다. 한 걸음만 떨어져 있어도 여자 친구가 보이지 않아, 이름을 부르며 찾아야 했다. 태어나서 그렇게 지독한 안개는 처음 봤다.

마치 구름 속에 있는 것 같았다. 모든 실존을 집어삼켜버린 무아(無我)의 공간, 어떤 경계도 구분도 없는 초현실적인 공간, 보고 있지만 보이는 것은 아무 것도 없는 공간이었다. 그래서 오히려 보이는 것 이상을 보는 느낌이었다. 풍경 없는 장관이었다. 아무것도 구분되지 않는 세계. 우주의 시원을 훔쳐본 것 같은 느낌이었다.

감수성이 예민할 20대였다. 철학적이고 시적이라 생각했다. 아름다운 바다 풍경을 보러 왔는데, 아무것도 보지 못한 것이 그랬다. 인생도 결국은 그런 것이 아닐까 싶었다.

해변에는 우리 외에 아무도 없는 듯, 조용했다. 멀리서 잔잔히 들려오는 파도 소리가 적막을 배가시키고 있었다. 팔을 휘저으면 축축하고 미세한 안개 알갱이들이 잠시 일렁였다가 이내 여백을 메워버렸다. 그렇게 꽉 찬 여백이 끝을 알 수 없게 이어져 있었다.

해변 전체를 통째로 전세 낸 듯한 기분에, 괜히 소리를 지르며 해변을 달려보기도 했다. 그러나 그것도 잠시. 발아래 무엇이 있는지 보이지 않아 달리기가 불안정했다. 방향도 분간이 안 가 멀리 가면 길을 잃을 것 같았다. 뻥 트인 해변에서 길 잃을 걱정을 하는 게 우스웠지만, 그랬다. 우리는 눈 뜬 맹인처럼 잠시 안개 속을 허우적거리다 돌아올 수밖에 없었다.

지금 생각하면, 운이 좋았다. 아름다운 해변 풍경은 언제라도 볼 수 있지만, 그런 농무(濃霧)는 쉽게 볼 수 있는 것이 아니기 때문이다.

어떤 풍경이 매혹적일 때, 우리는 거기서 아우라를 느낀다. 그 아우라에는 정신적인 것이 있다. 우리는 그냥 풍경을 보는 것이 아니라 정신화된 풍경을 본다. 정신화된 풍경은 우리 마음을 환기시키고 고양시킨다.

인간에게 풍경은 은유, 복선, 암시다. 그래서 공포 영화는 어떤 사건이 발생하기 전에 그 배경이 되는 풍경부터가 섬뜩하고 음울하게 묘사된다. 그것은 섬뜩한 사건의 발생을 예고하는 전조다.

일상생활에서도 마찬가지다. 이웃이 "오늘 햇볕이 참 좋네요." 하면서 하늘을 쳐다보는 것은 날씨 이상의 것을 이야기하는 것이다. 그것은 밝고 명랑한 자신의 기분을 전달하는 것, 그로 인해 상대방도 기분이 좋아지길 바라는 것, 나아가 상대방과 좋은 관계를 유지하고자 하는 것, '오늘도 좋은 하루가 될 것'이라는 덕담 같은 것이다. 이런 말을 들은 사람은 덩달아 미소로 응답하게 된다.

같은 말에도 상대방이 다르게 반응할 수 있다. "오늘 햇볕이 참 좋네요."라는 인사말에 "이런 날은 자외선이 많아 얼굴에 잡티 생기기 십상이죠."라고 받을 수도 있는 것이다. 상대방이 이렇게 나오면 인사도 덕담도 되지 않는다. 상대방의 까칠한 반응 역시 날씨 이상의 의미를 담고 있다.

자연은 본래 말이 없다. 거대한 폭포, 사나운 폭우, 바람에 흔들리는 잎사귀, 붉게 물든 노을은 무언가를 표현하고 있는 듯 보일지라도 실은 아무 말도 하지 않는다. 자연의 침묵을 인간이 자신의 언어로 의역할 뿐이다. 의식이 발달한 인간은 풍경도 있는 그대로 보는 것이 아니라, 자신의 정신을 투영해서 본다. 풍경을 통해 자신의 정신과 내면을 탐험한다.

풍경화도 마찬가지다. 우리가 그림에서 보는 아름다운 풍경들은 화가가 머릿속으로 그린 것을 재현한 것이다.

풍경화의 아름다움은 대개 모든 것이 질서정연하게 있어야 할 곳에 있는 데서 나온다. 이를 테면 맨 뒤에는 산이 있고, 앞으로는 물이 있고, 그 사이 사이에 꽃, 나무, 바위, 정자, 사람과 동물이 적절한 위치에, 적절한 크기로 있어야 한다. 그 풍경은 머릿속으로 그려진 것이다.

실경을 그릴 때도 그렇다. 실경이 머릿속 풍경과 어느 정도 부합할 때 그려진다. 풍경화는 영혼의 풍경, 영적인 것이다.

시를 통해

돈을 구할 수 없다면,

돈을 통해서도

시를 구할 수 없다.

- 로버트 그레이브스

문화는 기본권

글이 고기와 비슷하다고 생각한 적이 있다. 고기를 근(斤)으로 달아서 팔 듯, 글도 그렇기 때문이다. 시를 쓸 때, 한 생각이다.

시는 글자가 얼마 안 된다. 시집의 두께도 얇고 책값도 싸다. 그에 비하면 소설집이나 산문집은 값이 좀 나간다. 글자 수가 많아 책이 두꺼운 까닭이다.

시가 짧다고 해서 소설이나 산문보다 공력이 덜 드는 것은 아니다. 시 한편과 단편 소설 하나 완성하는 데 들어가는 공력은 비슷하다. 그런데도 글자 수가 얼마 안 된다는 이유로 시는 값이 싸다.

시인은 직업이 아니다. 생계유지도 안 되는 일을 어떻게 직업이라 할 수 있겠는가? 말하자면, 명예직이라고 할까? 그러나 시인과 소설가의 차이는 크게 보면 '도토리 키재기'다. 창작자들 대부분은 경제적 궁핍에 시달리고 있는 것이 현실이기 때문이다.

이런 말을 하면 '애초에 돈이 안 되는 것을 모르고 그 길을 갔더냐? 알지 않았더냐? 그러므로 가난을 감내해야 하는 것도 당연하다.'는 식으로 반응하는 사람들이 있다.

나는 심지어 가난이 창작에 도움이 된다고 말하는 사람도 봤다. 가난과 창작은 불가분의 관계이며, 가난 속에서 창작해야 오히려 좋은 작품이 나온다는 것이다. 불멸의 작품을 남긴 작가들도 다 그러지 않았냐면서.

몇 년 전 한국작가회의 총회에서 예술인들의 복지 문제가 의제로 올라온 적이 있었다. 그 자리에서 한 동화작가가 이런 발언을 했다.

얼마 전 아시아 작가들이 모이는 국제 행사에 참여해 일본 작가들과 얘기할 기회가 있었는데, 자신이 10권을 낸 동화작가라고 하자, 일본 작가들이 '와, 그러면 부자이시겠네요?'하더라는 것이다.

'그게 무슨 말이냐? 나는 아직도 가난하다.'고 했더니, 이해되지 않는다는 표정을 지으며, 일본에서는 웬만큼 읽을 만한 책을 내면 통상적으로 우리 돈으로 1억 원 정도 되는 수입을 올린다고 했다는 것이다. 그러니 10권을 냈으면 10억 원 정도 수입을 올렸을 것으로 예상하고 한 말이었다.

'어떻게 수입이 그렇게 되느냐?'고 동화작가가 물으니, 일본에는 도서관이 많아, 책이 나오면 기본적으로 정부가 사서 도서관에 뿌려주는 책의 양이 많단다. 그것만으로도 상당한 수입이 되는데, 그 외 서점에서 팔리는 책에서 나온 수입을 합치면 1권 당 1억 원 정도 수입이 된다는 것이었다.

이 말을 듣고, 작가회의 작가들은 내심 충격을 받은 모양이었다. 그도 그럴 것이 우리나라는 책 한권을 내서 작가가 1,000만 원 벌기도 힘들다. 1000만원이 무언가? 책 한권 내서 초판 인세 200~300만원 벌이가 전부인 경우도 드물지 않다. 책 한권 쓰려면 부지런히 써도 최소 6개월에서 최장 몇 년씩 걸리는데, 그에 대한 경제적 대가가 고작 이렇다.

이런 얘기를 하면, 팔리는 책을 쓰면 될 것 아니냐는 반응이 돌아온다. 그러나 창작자들의 가난은 능력의 문제가 아니다. 다분히 제도적인 문제다. 예를 들어 프랑스에서는 '엥떼르미땅'이라는 예술가들을 위한 실업보험제도가 있다. 독일에서는 예술가사회보험 제도를 통해 생계를 지원하고 있다. 캐나다, 이탈리아, 네덜란드 등에도 비슷한 지원제도가 있다.

이런 제도들은 예술가들을 부자로 만들어주자는 것이 아니다. 예술가도 먹고 살아야 하는 사람이고, 기본적인 생계를 꾸릴 수 있어야 창작을 하든 말든 하니까 지원해야 하는 것일 뿐이다.

우리나라는 문화를 산업으로 규정하고 있으며, 국가 경쟁력 때문에 문화가 중요하다고 말한다. 예술가에 대한 생계지원도 이러한 차원에서 논의된다. 국가가 돈을 쏟아 부으면, 좋은 예술 작품이 나온다는 생각은 문화를 산업적 측면에서만 바라보는 관점이다. 그러나 문화는 산업이 아니며, 국가 경쟁력 때문에 존재하는 것은 더더욱 아니다.

예술가에 대한 지원 제도는 문화에 대한 공적 마인드와 결합해 이해되어야 한다. 문학예술 작품들은 사회적 산물로서 가난한 사람이건, 부자인 사람이건 모두 향유할 수 있어야 한다. 문화 향유는 국민의 기본 권리로 인식되어야 한다.

국민은 문화를 향유할 권리를 누리고, 예술가는 그에 대한 대가로 생계에 필요한 기본적인 지원을 제공받는다. 이것이 예술가에 대한 생계 지원의 인식 기반이어야 한다.

문화는 물이나 공기 같은 것이다. 물과 공기가 없으면 생물들이 살 수 없듯이, 인간은 문화가 없으면 인간다울 수 없고, 행복할 수 없다. 문화는 인간과 인간을 매개한다. 문화는 인간 사회의 품위를 높이며, 삶을 풍요롭게 한다.

일상의 비정상성이란
폭로된 일상성일 뿐이다.

- 앙리 르페브르

'미투'라는 일상성

고은 시인에 대한 최영미 시인의 성추행 폭로 이후 문학예술계 내에서도 미투 운동이 활발하다. 아마 많은 사람들이 가해자에게 분노하고 있을 것이다.

성폭력은 개인의 비위행위로 여겨지기 쉽다. 언론들도 가해자의 일탈성에만 초점을 맞춘다. 그러나 그것은 '폭로된 일상성'이다.

나도 젊은 시절 문학판을 얼쩡거렸던 탓에, 고은의 기행에 대해 전해들은 적이 있다. 그러나 그것은 만취한 사람의 객기 같은 거였지, 성적인 건 아니었다. 나 역시 그의 성범죄적 행각에 대해서는 최영미의 증언을 듣고서야 알았다.

사실 문단은 예전부터 성추문이 끊이지 않는 곳이었다. 내가 들은 것만 해도, 평론가 A가 여성 소설가 B의 작품을 적극 띄워주고 있는 것은 B가 A와 자줬기 때문이라는 둥, 유부남 시인 C가 자신의 팬이었다가 애인이 된 여성과 함께 작가들의 술자리에 나타났는데 시인 D가 C의 작품을 폄하하자 '당신이 C의 작품에 대해 뭘

아느냐'며 그 여성이 술자리에서 깽판을 쳤다는 등, 여성 소설가 E
가 후배소설가 F에게 딸의 과외를 맡겼는데 F가 그 딸을 건드려 E
가 분노했다는 등 하는 것이 있었다.

성추문은 철저하게 남자들 관점에서, 남자들에 의해 전달되었
다. 그리고 일종의 활극이나 가십거리로 소비되었다. 이런 얘기들
속에도 적잖이 성범죄적 요소가 있을 것임에도 분위기가 그랬다.

사건이 불거지고 나서 자료를 찾아보니 고은의 성추문은 1960년
대부터 시작된 것으로 알려져 있었다. 수십 년 동안 지속되어온 만
큼 문인들 대다수가 알았을 것이다. 그럼에도 유야무야되어왔다.

최영미의 폭로가 있은 후, 한국작가회의 사무총장 한창훈은 회
원들에게 단체 메일을 보내왔다. (참고로 나도 한국작가회의 회원
이다. 이런 저런 행사나 술자리에 거의 나가지 않는 날라리 회원이
기는 하지만.) 내용을 요약하면 이렇다.

'한 세대마다 넘어야 할 산이 있다. 내 앞 세대는 근대화, 산업화
가 과제였고, 우리 세대는 군부독재 타도와 민주화가 과제였다. 지
금 젊은 세대가 넘고 있는 산은 인권이다. 특히 젠더와 남성권력
이다. 이 흐름을 사회발전의 거대한 물결로 이해하고 있다. 사태
가 얼마나 심각한지를, 동지애로 뭉쳐 흘러왔던 지난 시절과는 완
전히 다른 형국이고 세상이라는 것을, 그러기 때문에 새로운 인식,

새로운 행동, 새로운 시스템의 필요를 절감하고 있다.'

그러면서 고은, 이윤택 회원에 대한 징계안을 상정하겠다고 했다. 고은에 대한 징계안을 올려야만 하는 한국작가회의의 입장은 난감한 것이 아닐 수 없다. 오늘날 한국작가회의를 있게 만든 장본인들 중 하나가 바로 고은이기 때문이다. '부친살해'를 해야 하는 상황에 내몰린 것이나 다름없다.

특히 기성 (남자) 문인들이 곤혹스러울 것이다. 하루 이틀도 아니고 수십 년 동안 벌어진 일을 이제 와서 새삼 문제 삼는 것도 무람하다. 기성 남자 문인들 중에는 고은처럼 성폭력을 저지른 사람도 있을 것이고, 그것을 방관한 사람들은 더 많을 것이다. 성폭력은 어느 한 사람의 문제가 아니다. 이제까지의 문화 같은 것이었다.

자유와 진보를 추구한다는 문학예술계에서 왜 이렇게 문학예술계에 성범죄가 만연한 것일까? 여러 가지 이유가 있지만, 가장 큰 이유 하나 중 하나는 문학예술을 지배하는 상업문화 때문이다.

자본주의 사회에서는 문학예술도 산업이다. 상업적 성공을 위해서는 저속한 전략도 마다하지 않는다. '성 상품화'가 대표적이다. 예를 들어 여배우들은 성적 대상물로 영화나 연극에 등장하는 경우가 많다. 페미니즘의 관점에서 보면, 대중문화 자체가 여성혐오라고 해도 과언이 아니다.

대중문화 상품을 만들어내는 것도 주로 남자다. 영화판이라 치면, 남자가 시나리오를 쓰고 연출을 한다. 여배우들은 그들이 시키는 대로 성적 대상물로서 극중에서 여성을 재현한다. 그러다 보니, 연기를 하는 과정, 연기 연습을 하는 과정, 연기를 지도받는 과정은 그 자체로 성폭력의 경계를 넘나드는 과정이 되기 쉽다. 그리고 그것을 기꺼이 감수하는 것이 '프로 (여)배우'다운 것이라고 말해진다.

나아가 이런 것이 여배우의 실존적 특성으로 여겨지면 어떻게 되는가. 무대 밖에서도 성폭력을 감수해야 마땅한 존재로 인식되고 만다.

문제는 문화가 갖는 일상성이다. 미투 운동은 우리를 둘러싼 문화적 일상성이 비정상적이라는 것을 폭로한다.

예술이 현실을 모방하듯

현실은 예술을 모방한다.

- 오스카 와일드

예술과 현실 사이

판타지물은 순전히 상상을 통해 만들어진 것으로 보이기 쉽다. 그러나 판타지물도 그 바탕은 현실에 있는 경우가 많다. 영화 〈아바타〉가 그렇다.

〈아바타〉는 미국 서부 개척시대의 역사를 바탕으로 한다. 영화 속에 등장하는 나비족은 아메리카 인디언을 상징한다. 행동거지나 차림새, 뛰어난 운동신경, 생태주의적 사고방식을 보면 인디언들과 유사하다는 것을 어렵지 않게 알 수 있다. 많은 사람들이 영화를 봐서 내용을 알겠지만, 그래도 영화 내용을 간단히 설명하면 이렇다.

때는 서기 22세기 중엽. 판도라라는 행성을 발견한 인간들은 그곳에 '언옵타늄'이라는 귀금속이 잔뜩 묻혀 있다는 사실을 알아낸다. 그것을 채굴하기 위해서는 토착민인 나비족을 쫓아내야 한다. 이에 베네수엘라 전장에서 하반신이 마비되는 부상을 입고 퇴역한 해병대원인 제이크가 나비족의 DNA와 인간의 DNA를 결합한 하이브리드 생명체인 아바타로 분해 나비족 본거지에 투입된다. 그의 임무는 나비족에게 접근해 그들을 본거지에서 이주시키고, 입수하는 모든 정보를 행성 개발업체인 RDA에 보고하는 것.

그러나 스파이로 투입된 제이크는 오히려 나비족에 동화되고 만다. 나아가 제이크는 행성의 15개 토착부족을 통일한 후, 지도자가 되어 인간의 침략과 파괴에 맞서 맹렬히 싸운다. 그리고 마침내 인간들을 몰아낸다.

이런 내용이 미국 서부개척시대의 역사와 무슨 관련이 있을까? 아메리카 인디언 전사 중에 '제로니모'라는 사람이 있다. 많은 백인들을 두려움에 벌벌 떨게 했던, 용맹한 아파치족 전사였다. 그는 아메리카 인디언 부족들의 연합체를 형성해 백인들과 맞서 싸우고 싶어 했고, 그 결과 인디언 국가를 세우고 싶어 했다.

말하자면 주인공 제이크는 제로니모의 환영(幻影)이다. 백인인 제이크가 왜 인디언 전사의 환영이냐고 반문할 수도 있겠다. 백인이 인디언 전사의 환영으로 나오는 것은 이 영화가 할리우드 영화이기 때문이다. 미국 할리우드 영화에서는 제3세계 문제를 다룰 때에도 늘 백인을 영웅으로 등장시킨다. 백인이 영웅이 되어 제3세계를 구하는 것이 전형적인 허리우드 영화의 문법이다. 이 영화도 다르지 않다.

영화 〈아바타〉는 서부개척시대의 역사를 성찰한다. 제로니모가 만약 인디언 부족 연합체 결성에 성공했더라면 역사가 어떻게 바뀌었겠는가를 그리고 있다.

사실 제로니모가 인디언 부족들을 결속하는 데 성공했더라도 영화처럼 막강한 화력을 가진 백인들과의 전쟁에서 이기지는 못했을 것이다. 그럼에도 만약 그랬다면, 백인들은 인디언들과의 전쟁에서 훨씬 고전했을 것이고, 작게나마 인디언 국가 하나 정도는 아메리카 대륙에 남았을 가능성이 높다.

내가 이런 얘기를 하는 이유는? 예술은 현실을 모방한다는 것을 설명하기 위해서다. 그렇다고 예술과 현실이 일방적인 관계라는 것은 아니다. 예술은 현실을 모방하지만, 현실도 예술을 모방한다.

현실도 예술을 모방한다는 것은, 예술가들이 현실에 대해 일정한 책임감을 가져야 한다는 말이기도 하다. 예를 들어 우리는 영화나 드라마에서 여성이 물화(物化)된 존재, 즉 성적 대상물로 등장하는 것을 자주 본다.

이에 대해 작가나 연출자는 '많은 남자들이 여성을 성적 대상물로 보는 것이 사실이므로 이러한 표현 방식은 전혀 잘못된 것이 아니'라고 주장할 수 있다. 그저 현실을 충실하게 재현하고 있을 뿐'이라고 주장할 수 있는 것이다.

그러나 예술은 단순히 현실을 재현하는 매체가 아니다. 예술은 창작자의 세계관을 대중에게 제시하고, 그것을 설득한다. 작품을 통해 구현된 것은 창작자의 사상 감정이 투영된 유기적 세계이다. 대중은 그 작품세계에 많은 영향을 받는다.

영화나 드라마에서 여배우들이 성적 대상물로 제시되는 것은 현실을 재현하는 것에 그치지 않고, 성차별이나 성폭력에 대한 대중의 감수성을 약화시킨다.

창작자들은 여성을 성적 대상물로 제시하는 것 역시 '표현의 자유'라고 주장할 수도 있다. 그러나 성 상품화의 가장 큰 이유는 색정적인 것이 잘 먹히는 시장의 논리 때문이다.

그러므로 성 상품화를 표현의 자유라고 주장하는 것은 어폐가 있다. 왜냐하면 시장(자본)의 논리로부터 발생하는 제약을 자유로 치환시키는 것이기 때문이다. 창작자들은 자신이 만든 작품이 현실에 미치는 영향을 직시하며, 사회적 책임감을 갖고 창작에 임해야 한다.

어디로 가야 할지

전혀 모른다면

어느 길이든 그대를

이끌어줄 것이다.

- 탈무드

길의 행로

살다보면, 길이 안 보일 때가 있다. 대학 졸업 후, 직장생활을 해보겠다고 시도해봤지만 마음을 잡지 못하고 여기저기 떠돌다, 다 때려치우고 고향집으로 돌아왔을 때가 그랬다.

막막했다. 글쟁이가 되고 싶었지만, 그것은 시간이 필요한 일이었다. 사실 글쟁이가 될지 말지 확신도 없었다. 설사 된다 하더라도 글을 써서 먹고 살 수 있을지도 미지수였다. 그래도 한번 해보고 싶은 마음은 여전했다.

내게는 작가가 될 실력을 연마할 여유 시간(책 읽고 글 쓸 시간)과 생계를 유지할 수 있는 일이 동시에 필요했다. 그러나 그런 일이 있을 턱이 없었다. 현실은 생계와 꿈, 둘 중 하나를 포기하기를 강요했다.

더구나 고향집이 있는 목포는 소도시였다. 다양한 일자리는 차치하고, 일자리 자체가 별로 없는 곳이었다.

아버지는 '저 놈이 문학 한다더니, 결국 백수로 집안에 눌러앉는구나.'하는 눈초리로 나를 쳐다봤다. 대책 없이 시나 끄적거리거나 동네 도서관에서 책이나 보는 시간들이 늘어갔다.

사람이 죽으란 법은 없나 보다. 당시에는 이제 막 보급된 PC통신이나 휴대폰을 이용한 벤처사업이 열풍이었다. 이를 잘 이용하면 내가 필요로 하는 여유시간과 생계를 어느 정도 해결할 수 있지 않을까 싶었다. '무슨 방법이 없나?' 그러다 퍼뜩 잔꾀(사업 아이템)가 하나 떠올랐다.

그 아이템이란 이랬다. 세상에는 글을 쓰려는 사람과 글을 필요로 하는 업체(출판사, 잡지, 사보 등)가 있다. 이 둘을 연결시켜주는 사업을 하면 어떨까 싶었다. 업체 이름도 정했다. '필자은행'이라고.

글과 관련된 사업이니, 내 글쓰기에도 도움이 되면 됐지, 해가 되지는 않을 것이었다. 작은 희망이 두둥실 떠올랐다.

며칠 동안 노가다를 나갔다. 그렇게 번 돈으로 할부 PC와 중고 휴대폰(벽돌만큼 크다고 해서 '벽돌 휴대폰'이라 불린 초창기 휴대폰)을 샀다. 그렇게 목포에, 그것도 아버지가 운영하는 세탁소 한켠에 사무실을 차렸다. 사업이 좀 되자, 다시 서울로 올라왔다.

다시 말하지만, 당시에는 벤처 열풍이었다. 언론들은 벤처사업의 미래를 온통 장밋빛으로 채색해놓고 있었다. 내 사업도 몇몇 신문에 주목할 만한 벤처사업으로 소개되기도 했다. 당시에는 벤처사업에 투자하려는 사람들도 많았다. 마음만 먹으면 투자자를 구하는 것도 어렵지 않았을 것이다. 그러나 나는 그럴 생각이 별로 없었다.

남의 돈을 투자 받으면, 지금보다 훨씬 열심히 일해야 할 것이기 때문이다. 그러면 책 읽고 글 쓸 시간이 사라진다. 물론 그렇게 사업 규모를 키우고 열심히 일하면, 더 많은 돈을 벌수도 있을 것이다. 그러나 그것도 문제일 수 있었다. 돈 버는 재미에 빠지면, 더 이상 글 따위는 쓰지 않을 것 같았기 때문이다.

'미필적 고의에 의한 태업'은 사업의 기조 같은 것이었다. 그렇게 글쟁이가 되기 전, 몇 년 동안 그걸로 먹고 살았다. 이상하게 들릴지 모르지만, 내가 지금 글쟁이로 살게 된 것은 그때 사업을 열심히 하지 않았기 때문이다.

"어디로 가야 할지 전혀 모른다면 어느 길이든 그대를 이끌어줄 것이다."라는 탈무드의 말에는 이중적인 뉘앙스가 있다.

하나는 어디로 가야 할지 모르는 것은 역설적으로 다양한 진로의 가능성을 내포한다는 말로 들린다. '어디로 가야할지 모르는 것'을 긍정적으로 보면, 이렇게 읽을 수 있다.

그러나 부정적으로 보면? 주체적인 자기 진로가 없다면, 어느 길로도 끌려가기 쉽다는 말로도 읽힌다. 내가 길을 가는 것이 아니라, 그 길로 끌려가는 것이다. 수동적인 행로다.

나의 경우도 마찬가지다. 앞길이 막막한 상태에서 시작한 사업에 전력투구했다면, 그래서 잘 되었다면, 인생은 전혀 다른 방향으로 흘러갔을 것이다. 인생에는 수많은 우연적 요소가 끊임없이 개입한다. 그것은 불가피하다. 그럼에도 나아가고자 하는 주체적인 방향은 있어야 한다. 그래야 우연적 요소들을 조화롭게 흡수하며 한 길을 갈 수가 있다.

언어는 종종

소통의 수단이 아니라

단절의 수단으로

절감된다.

- 루이제 린저

말이 아닌 말들

언어는 소통의 수단이다. 우리는 그렇게 알고 있다. 그러나 언어는 단절의 수단이기도 하다.

이를 테면 어떤 일로 서로 감정이 상한 연인이 있다 하자. 둘 중 하나가 상대의 마음을 풀어보려고 자꾸 말을 건다. 그런데 말을 하면 할수록 서로의 관계가 나아지기는커녕 더 꼬일 때가 있다. 이런 경험은 누구나 한번쯤 해본 적이 있을 것이다. 그럴 땐 차라리 말을 그만 하고, 상대방의 감정이 풀리기를 기다리거나 가만히 상대방이 좋아하는 일을 해주는 게 더 나을 수 있다.

이런 '언어의 단절감'은 개인과 개인 사이에서만 발생하는 것이 아니다. 집단과 집단 사이에서도 발생한다.

10여 년 전, 'KBS 스페셜'이라는 다큐멘터리 프로그램을 볼 때였다. 제목은 '야스쿠니와의 전쟁'이었다.

야스쿠니 신사는 천황을 위해 전사한 군인들을 일본의 수호신으로 모시고 제사를 지내는 곳이다. 거기에는 육군대장이자 내각의 수상으로서 태평양 전쟁을 일으킨 도조 히데키 같은 A급 전범도 포함되어 있다. 여기까지는 많은 사람들이 아는 내용이다.

그런데 방송은 야스쿠니 신사에 일본군으로 강제 징집되어 전사한 한국인들의 유해도 함께 안치되어 있다는 것, 그것도 그 수가 무려 21,181명에 달한다는 것을 보여주고 있었다. 우리나라 유족들이 아버지나 할아버지의 유골을 돌려달라며 소송도 걸고 항의도 했지만, 꿈쩍도 하지 않는 야스쿠니 신사와 일본 정부를 카메라는 보여주었다.

그렇게 많은 한국인들이 야스쿠니 신사에 묻혀있었다니. 충격이었다. 일본 정부의 태도야 그렇다 치자. 일본은 이제까지 식민지 지배에 대해서 제대로 된 사과를 한 적도 없으니까.

더 큰 문제는 우리나라의 언론과 정부였다. 이런 문제를 그 동안 공론화하지 않은 우리 언론과 유해 송환을 추진하지 않은 우리 정부. 언론과 정부의 방관 속에 유족들이 유해를 찾기 위해 개인적으로 일본으로 찾아가 고군분투하는 모습은 분노를 넘어 무력감과 참담함을 불러일으키는 것이었다.

방송의 백미는 그 다음 내용이었다. 방송국은 일본에서도 야스쿠니의 입장을 가장 잘 대변한다고 알려진 도조 히데키의 손녀 도조 유코를 스튜디오로 초대했다. 그리고 야스쿠니 신사에 합사된 아버지의 유해를 되찾기 위해 싸우는 유족으로 태평양전쟁 피해 보상 추진위원회 대표를 맡고 있는 이희자와 대화하는 자리를 마련했다.

이희자는 그 자리에서 유족의 허락도 없이 아버지의 유해를 무단 합사한 것을 비난하고, 아버지의 유해를 돌려줄 것을 주장했다. 그러자 도조 유코는 '야스쿠니 신사의 346만6천여 명 영령들은 하나의 신이 되어 커다란 방석 위에 앉아있다. 그러므로 유해를 개별적으로 떼어낼 수 없다.'는 논리를 폈다.

이희자가 '그것은 당신들 일본의 룰이다. 강제로 징집되어 목숨까지 잃은 한국인들과는 상관없는 일'이라고 반론을 펴자 도조 유코는 '당시 한국은 일본이었다. 당신의 아버지도 일본인 신분이었다. 일본인으로 싸우다 돌아가신 분은 모두 야스쿠니에 모신다는 것이 전쟁에 나가셨던 당신 아버지와 같은 병사와 국가 간의 약속이었다.'고 말했다.

한국인을 야스쿠니 신사에 합사하는 것은 히틀러와 유태인들을 같은 곳에 모시고 추도하는 것과 같다, 도무지 말이 안 되는 것이라는 반론도 있었다. 그러자 도조 유코는 일본과 독일은 다르다고 주장했다. 독일은 자국민인 유태인을 학살했지만, 일본은 자국민을 학살한 적이 없고, 나아가 다른 나라 사람도 차별 없이 야스쿠니 신사에 신으로 모셨다는 것이다. 그러면서 자신은 '차별 없는 이 시스템이 자랑스럽다'고 했다.

"당신의 아버지도 자신의 죽음이 헛되이 여겨지지 않는 것을 자랑스러워 할 겁니다. 그런데 당신은 왜 유족으로써 아버지의 명예를 더럽히려 하는지요? 만약 조선 출신이라고 차별해서 당신의 아버지를 합사하지 않았다면 '일본인으로 싸웠건만 왜 합사시켜 주지 않는가?' 라고 화내지 않았을까요?" 도조 유코의 말이었다.

억장이 무너지는 소리가 아닐 수 없다. 도조 유코는 전쟁에 사람을 강제로 끌고 가 죽인 것도 모자라, 그 전쟁을 미화하기 위해 희생자의 영혼까지 제 멋대로 전유했다. 그러면서 이렇게 한국인들은 한일 합병이라는 민족적 슬픔이 있었지만, 그런 슬픔을 극복하고 일본 군인으로서 열심히 싸워준 것에 감사한다고 말했다. 사람 환장할 논리였다.

나 역시 일본 우익에 대해 이런저런 책을 읽긴 했지만, 실제로 이런 말을 하는 것을 들으니 '이야, 저 정도였나?' 싶었다. 저러한 사상 · 감정이 일본 우익, 나아가 일본 사회 전반을 관통하고 있다면 일본은 심각한 집단적 정신질환에 걸려 있는 것으로 보는 것이 맞겠다는 생각마저 들었다.

도조 유코의 논리는 그 자체로 '자폐적'이다. 소통을 하려면 상대를 인정해야 한다. 그러나 그녀는 상대방의 독립성을 인정하지 않았다. 유족의 정체성, 인권, 인격, 자존감 역시 인정하지 않는다. 오로지 나만 사고하고 판단할 수 있다는 태도였다. 대화를 하면 할수록 단절감을 느끼게 되는 것은 그 때문이다.

사실 도조 유코의 말에 힘을 실어주는 것은 논리가 아니라, 일본의 국력이었다. 2차 대전이 끝난 후, 천황을 비롯한 전쟁 범죄자들에 대한 처벌과 청산이 확실히 이루어졌다면, 이런 얘기는 결코 나올 수 없는 것이었다. 그러나 미국의 방조 하에 일본의 국력은 다시금 살아났고, 여전히 아시아의 패자로 군림하고 있다. 이러한 현실이 도조 유코의 말에 힘을 실어주고 있었다. 씁쓸한 일이 아닐 수 없다.

시는 음악의 마음이요,

소리는 음악의 몸이다.

- 유협

음악의 차이

자연의 소리에는 대부분 멜로디와 리듬이 있다. 파도 소리, 바람에 나뭇잎 스치는 소리, 시냇물 흐르는 소리, 새들의 지저귐, 강아지 짖는 소리, 귀뚜라미 우는 소리 등. 사람의 말도 그렇다. 사람의 말에 사람의 입소리에도 멜로디와 리듬이 있다. 전체적으로 보면, 모든 소리 자체에 이미 음악이 내포되어 있다고 해도 무리가 없다.

한국이 낳은 세계적인 작곡가 윤이상은 이렇게 말했다. "나의 음악은 나 자신이 만든 것이 아니며, 우주의 음향을 나의 예민한 안테나로 청취해 그것을 악보에 올린 것에 불과하다."

이것은 단순한 겸양의 말이 아니다. 실제로 아무리 악보에 질서를 부여하는 기법을 잘 안다 해도, 우주(세계)에 흘러 다니는 음향을 듣지 못하면 작곡을 할 수 없을 것이다.

음악에는 가사가 있는 것과 없는 것이 있다. 클래식 음악에는 가사가 없다. 제목이 있긴 하지만, 그것은 주제를 암시하지 않는다. 라흐마니노프의 '피아노 협주곡 2번 C단조, 제1악장 모데라토'라

는 제목은 그저 작품 번호, 곡의 형식과 스타일을 표시해놓은 것에
불과하다. 어떤 주제와 메시지를 전달하고자 하는 의도가 전혀 없
다. 그런 까닭에 음악을 듣는 사람의 상상력은 제약받지 않고 자유
롭게 발동된다.

하나의 음악 작품에는 저마다 일정한 정조가 있다. 그에 따라 슬
픈 음악을 듣는 사람은 슬픈 일을 떠올린다. 그럼에도 청자들 개개
인이 떠올리는 슬픈 이미지는 각기 차이가 날 수밖에 없다.

쇼펜하우어는 "음악은 세계라는 가사를 가진 멜로디"라고 했
다. 이는 클래식에 딱 맞는 말이다. 클래식은 특정 메시지보다는
어떤 세계를 떠올리게 한다. 그 세계는 대개는 서정적인 이미지로
머릿속에 표상된다.

클래식에 비하면 대중가요는 상상력을 대폭 제한한다고 할 수
있다. 구체적인 제목과 가사가 있기 때문이다. 청자의 상상력은 개
인마다 차이가 나겠지만, 그럼에도 제목과 가사를 크게 벗어나지
않는다. 그러나 그것이 단점이기만 한 것은 아니다. 바로 그 때문
에 클래식보다 훨씬 명확한 메시지를 전달한다.

음악에서 가사의 위력은 크다. 대중가요가 쉽게 외워지는 것도
가사 때문이다. 우리는 대중가요 중에서도 유독 중독성이 강한 노
래를 '후크송(hook song, 청자의 귀를 낚아채는 노래)'이라고 하

지만, 실은 단조로운 곡의 구성에, 감각적인 제목과 가사로 무장하고 있는 대중가요 자체가 후크송이라고 해도 과언이 아니다.

가사의 중요성은 의미보다 발음소리 그 자체에 있는지 모른다. 가사를 까먹으면 선율도 생각나지 않는 경우가 많다는 것을 생각해보면 그렇다. 한편, 정확한 가사는 아니라도 대충 비슷한 발음의 엉터리 가사라도 떠오르면, 선율을 떠올리는 데는 별 지장이 없다.

중학교 때, 내가 그랬다. 나는 팝송 광팬이었는데, 귀에 익은 엉터리 발음으로 부를 수 있는 곡이 너끈히 수백 곡은 되었다. 뜻도 모르고, 발음도 엉터리였지만, 선율을 떠올리는 데는 아무런 지장이 없었다.

가사와 시는 둘 다 운문으로 되어 있다. 운문은 산문보다 잘 외워진다. 초기 불교 경전이나 힌두교 경전, 예컨대 『아함경』이나 『바가바드 기타』가 노래처럼 반복과 리듬감이 있는 것은 우연이 아니다. 그것은 문자가 없어 지식이 기록되지 않은 사회에서, 혹은 글을 모르는 사람들에게 입에서 입으로 구전되다가 나중에서야 문자로 기록되었기 때문이다. 쉽게 암송되기 위해서는 리듬이 필수적이다.

운문에는 음악성과 주술성이 있어 사람을 도취시키기 좋다. 마틴 루터 킹의 "나에게는 꿈이 있습니다." 같은 유명한 연설문이 운문적 성격을 갖는 것은 그 때문이다. 대중에 대한 설득과 선동이라는 목적을 달성하는 데 있어서 운문은 큰 도움이 된다.

루소의 『언어 기원에 관한 시론』에는 이런 말이 나온다. "운문과 노래와 말은 그 기원이 같다. 최초의 역사, 최초의 연설, 최초의 법은 운문으로 되어 있었다.……시는 웅변의 근원이다. 최초의 문법학자들은 문법과목을 음악에 종속시켰으며, 문법 교수인 동시에 음악교수였다." 이런 것을 보면, 시와 노래, 웅변의 뿌리가 같다는 것을 알 수 있다.

시에는 두 가지가 있다. 입으로 낭송하기 위한 시와 눈으로 읽기 위한 시. 눈으로 읽기 위한 시는 어려워도 된다. 조금 어려워도 천천히 곱씹으며 읽으면 되기 때문이다. 그러나 낭송하기 위한 시나 가사는 쉬워야 한다. 들었을 때 무리없이 이해되어야 한다.

낭송하기 위한 시보다 더 쉬워야 하는 것이 있으니, 그것이 가사다. 상징과 비유도 가사에 쓰이는 것이 더 쉽다. 특히 대중가요의 가사는 쓰는 단어도 일상어에 가깝고, 언어의 밀도도 시보다 훨씬 낮다는 것을 알 수 있다. 내용도 통속적이다.

눈으로 읽기 위한 시는 물론이고 입으로 낭송하기 위한 시도 자극투쟁에 있어서 대중가요를 따를 수는 없다. 대중가요는 자극이 극대화된 음악이다. 현대인들은 가사를 껌처럼 씹으며 대중가요를 따라 부르고, 듣는다.

시인은 다만 램프에 불을 켜고
자신은 사라져 간다.

- 에밀리 디킨슨

'시인'이라는 존재

대학 시절, 시인이 되고 싶었다. 문학 동아리 생활을 하면서, 시를 써서 조그만 문학상을 받기도 했다. 그 때는 시인이 꼭 될 줄 알았다. 시인이 되는 것 외에 다른 것은 생각해보지 않았으니까.

그러나 나는 지금 주로 에세이나 비평을 쓴다. 시인이 되는 것은 사실상 포기했다. 이유는? 여러 가지가 있지만, 가장 큰 건 두 가지였다.

하나는 재능 문제. 시는 다른 어떤 글쓰기 장르보다 재능을 많이 필요로 한다. 기왕 시인이 되기로 했으면 오래 남을만한 작품을 쓸 수 있어야 하는데, 내게 그럴만한 재능이 있는 것 같지 않았다. 굳이 시인이 된다면, 그저 그런 시를 쓰는 것은 할 수 있을 것 같았다. 그러나 길이 남을 작품을 쓸 수 없다면 그게 다 무슨 소용일까 싶었다.

또 하나는 제 명에 못 살 것 같았기 때문이다. 시인이란 기본적으로 자신을 들볶는 직업이다. 정서적으로, 실존적으로, 창작 과정에서도 자신을 들볶아야 한다. 그런데 나처럼 그저 그런 재능을 가진 사람이 걸작을 쓰겠다고 덤벼들면, 자신을 극단적으로 마모시켜야 할 것 같았다.

앞으로 어떻게 될 줄 알고, 젊은 사람이 지레 겁먹고 물러섰느냐고 하지 말라. 나는 시를 쓰면서, 본격적으로 시인이 되기 전에 그 비극성을 미리 알아채버렸다.

키에르케고르는 이렇게 말했다. "시인이란 남모를 고통으로 심장이 찢긴 불행한 사람이다. 그러나 한숨이나 울음이 입을 통해 나올 때면 아름다운 음악처럼 들린다.……사람들은 시인 주변에 모여들어 이렇게 말한다. '다시 노래해 봐요.' 그러나 그 말이 시인에겐 이렇게 들린다. '당신의 영혼이 새로운 고통으로 고문당하길, 하지만 당신의 입술은 그대로이길.'"

시는 쓰는 것은 지극히 내향적인 작업이다. 예이츠는 "시는 남에게 하는 말이 아니라 스스로에게 하는 말을 남이 엿듣는 것이다."라고 했다. 시는 남이 엿듣는 것을 허용한다. 그러나 그렇다고 해서 남이 엿듣는 것을 신경 쓰면 가짜 시가 되어버리고 만다. 남이 엿듣는 것을 허용하되, 그것에 신경 쓰지 않고 진심으로 자신을 괴롭히며 써야 한다. 그래야 좋은 시가 나온다.

시 쓰기가 고통 친화적이라는 것은 이창동 감독의 영화 〈시〉에서도 잘 드러난다. 나는 개인적으로 이 영화가 대단한 수작(秀作)이라고 생각한다. 생각해보라. '시'라는, 매우 추상적인 주제로 영화를 만드는 것이 쉽겠는가? 그럼에도 이창동은 영화가 시의 본질에 육박해 들어가도록 잘 만들었다.

영화의 간략한 내용은 이렇다. 주인공은 60대 초로의 여성 미자다. 그녀는 딸이 이혼하면서 자신에게 맡긴 외손자와 둘이 산다. 시를 쓰는 것이 꿈이었던 미자는 동네 문화센터에서 시를 배우기 시작한다. 그리고 꽃이라든가 아름다운 풍경 같은 좋고 아름다운 것들을 보며, 시상을 찾으려고 노력한다.

그런데 사고가 터진다. 아끼던 외손자가 한 여학생을 집단 성폭행하는 데 가담했고, 그 여학생이 강물에 몸을 던져 자살했음을 알게 된 것이다.

미자는 가해자 학부모 대책 회의에 참석하지만, 가해자 학부모들이나 학교나 하나 같이 사건을 효과적으로 봉합하는 데 골몰할 뿐이다. 사고를 친 외손자도 별 죄의식이 없기는 마찬가지다. 미자는 이 모든 것이 견딜 수 없이 괴롭기만 하다.

시 강좌 마지막 날, 미자는 자신의 책상 위에 꽃다발과 죽은 여학생을 위한 시 한 편을 남겨놓고 사라진다.

영화는 미자가 어떻게 되었는지를 보여주지 않는다. 죽었는지, 살았는지, 어디론가 떠난 것인지 알려주지 않는다. 그런 채로 끝난다. 이른바 '열린 결말'이다.

이 영화의 주인공 역할을 했던 윤정희는 어느 인터뷰에서 자신은 미자가 죽지 않았을 것이라고 생각한다고 말한 바 있다. 그러나 나는 미자가 죽었다고 생각한다.

영화에도 그것을 암시하는 대목이 있다. 미자가 강물을 가로지르는 다리를 건너갈 때, 미자가 쓴 모자가 바람에 날려 강물에 떨어지는 장면이다. 그 강물은 성폭행 당한 여학생이 투신자살한 곳이었다. 이 장면은 미자의 자살에 대한 복선으로 볼 수 있다.

영화는 시를 쓰는 과정이 고통에 예민해지는 과정임을 보여준다. 미자가 시를 쓰려고 하지 않았다면, 다른 가해자 학부모들처럼 외손자의 장래만 생각했을지 모른다.

그러나 그녀는 자신도 모르는 사이, 타인의 고통을 도저히 간과할 수 없는 시인이 되어가고 있었다. 피해 여학생의 고통은 가감 없이 미자의 고통이 되었다. 그것이 결국 그녀를 죽게 만든 것이다.

미자는 시를 썼기 때문에 죽었다. 시를 쓴다는 것이 어떻게 실존적 변화를 불러일으키는지를 영화는 보여준다.

영화 속에서 미자는 알츠하이머 초기 환자로 나온다. 미자가 시를 쓰기 시작하면서 병이 생겨난다는 점에서, 이것은 수잔 손택이 말한 '은유로서의 질병'으로 볼 수 있다.

사람들은 흔히 자기 이익과 생존, 성공을 위해 피해자의 고통, 자신의 죄의식, 미안함, 연민 등을 무시하거나 잊으려 한다. 가해자 학부모들이나 외손자가 그러하다. 그러나 시를 쓰는 사람은 그래선 안 된다. 시인은 기억하고, 곱씹는 사람이다. 단어, 생각, 감정을 하나하나를 잊지 않아야 할 뿐 아니라, 그것을 곱씹어야 한다. 모든 것을 망각에 빠뜨리는 알츠하이머는 그러한 미자의 노력을 극적으로 강조하는 기제가 된다.

시를 쓴다는 것은 시인의 실존적 비극성을 담보하는 매우 위험한 작업이다. 영화는 그 심각성을 보여주고, 경고한다. 제대로 된 시인이 되려면, 목숨을 걸어야 한다.

나는 감성적 체험으로
살고 있는 것이지,
논리적 명석함으로
살고 있는 것이 아니다.

- 조르쥬 바타이유

이성 혹은 감성

우리는 감성보다 이성을 더 높게 평가하는 경향이 있다. 이런 경향은 유구하다. 아리스토텔레스는 "이성이 감성을 완전히 지배하지 못하는 상태에서 감성에 휘말릴 정도로 불완전한 이성을 지닌 사람은 천성적으로 노예인 자다."라고 말했다. 아리스토텔레스에게 이성적이지 않은 자는 평생 노예로 살아 마땅한 자였다.

감성보다 이성을 우위에 두는 이유는 무엇일까? 우선은 감성보다는 이성이 후천적 노력과 훈련에 의해 성취된다는 점 때문인 것 같다. 기본적으로 감성은 모든 사람이 갖고 태어난다. 그러나 이성적인 능력, 특히 고도의 이성적 능력은 후천적으로 노력해야 한다. 그런 점에서 이성은 희소가치가 있고, 다른 사람과 구별 지을 수 있는 재화가 된다.

이성을 우위에 두는 것은 권력의 문제도 있다. 개인적인 노력과 훈련의 결과로 부와 권력이 주어진다는 것, 이성을 갖춘 사람들에 의해 세상이 이성적으로 지배되고 있다는 것은 문명사회의 핵심적 알리바이이다. 실제로는 그렇지 않지만, 좋은 학벌은 부자와 권력자들이 이성적인 사람들이라는 것을 표상한다.

흔히 이성은 감성과 반대라고 생각한다. 그러나 이성은 감성과 무관하지 않다. 예컨대 마르크스는 "모든 학문의 토대는 감성"이라고 말한 바 있다. 놀랍지 않은가. 마르크스처럼 논리적 사유로 유명한 사람이, 학문의 토대가 이성이 아니라 감성이라고 했다는 사실이.

이런 얘기는 마르크스만 한 것이 아니다. 루소도 했다. 그는 "감각이 인간 정신의 원천"이라고 했다. 인간은 언어로 생각한다. 그런데 언어는 본래 기쁨과 아픔, 사랑과 미움 같은 감성을 표현하기 위해 생겼다.

감성이 이성의 토대라는 것은 나의 경우에 대입해 봐도 맞는 얘기다. 나는 주로 인문사회 쪽 글을 쓴다. 당연히 글의 성격도 논리적이고 이성적이다.

내가 이런 글을 쓰는 가장 큰 이유 하나만 꼽으라면 '사회가 마음에 들지 않아서다.' 사회에 대한 불만과 분노가 내 글쓰기의 가장 큰 동력이라 할 수 있다. 나는 글로써 사회를 좀 바꿔보고 싶다. 논리적이고 이성적으로 보이는 나의 글들의 토대는 불만과 분노라고 할 수 있다.

6세기 초 로마의 철학자 보이티우스는 "할 수 있다면 믿음과 이성을 연결시키시오."라고 말했다. 보이티우스는 스콜라 철학의 기초를 놓은 인물이다. 스콜라 철학은 간단히 말해 그리스도교의 시녀가 된 철학이다.

종교적 믿음에서 가장 중요한 것은 '믿고 싶다는 마음'이다. 이를 테면 신의 존재 여부는 증명할 수 있는 범주의 것이 아니다. 그러나 신을 믿는 사람들은 우리 주변에 많다. 신의 존재를 믿고 싶다는 '마음' 때문이다. 믿음은 근본적으로 따지고 들어가면 논리와 상관없다.

이성의 힘을 굳게 믿는 사람에게 보이티우스의 말은 잘못된 것으로 들릴지 모른다. '이성적 사유의 결과로 믿음이 생겨야지, 어떻게 믿음이 먼저 있고 그것을 정당화하기 위해 이성을 동원한단 말인가?' 그러나 다른 한편으로 보이티우스의 말은 이성이나 학문의 민낯을 본의 아니게 폭로하고 있다고 할 수도 있다.

그렇다고 이성과 감성의 관계가 일방적이기만 한 것은 아니다. 감성이 이성에 영향을 미치는 경우가 많기는 하지만, 이성도 감성에 영향을 미친다. 예를 들어 인종 차별적 감정을 갖고 있었던 사람이 인문사회과학 공부를 해서 인종 차별을 불러일으키는 사회 구조를 인식하게 되면, 약소 인종(민족)을 바라보는 시선이 우호적으로 변할 수 있다.

우리는 이성을 갖추려면 일정한 훈련을 필요로 한다는 것을 알고 있다. 그러나 감성도 어느 정도 그렇다. 이를 테면 '음악적 감성'이나 '미술적 감성' 같은 예술적 감성을 갖추기 위해서는 역시 일정한 훈련이 필요하다.

　예술 체험은 철학서를 읽는 것에 비해서는 감성적이다. 그러나 맛있는 음식을 먹거나 키스하는 것에 비해서는 정신적이다. 말하자면 말초적인 감각과 이성적인 것의 중간에 처해있다. 예술적 감성을 키우는 데 일정한 훈련이 필요한 것도 예술적 감성에 이성적인 것이 섞여있기 때문이다.

　공부를 하다보면 논리적이고 이성적인 쪽으로 기울게 마련이다. 그러나 논리적이고 이성적이기만 해서는 안 된다. 그것은 사람을 비인간적으로 만들 뿐 아니라, 지성에도 악영향을 미친다.

　우리는 그러한 예를 찰스 다윈에게서 발견할 수 있다. 다윈은 30세까지 음악과 시와 그림을 많이 좋아했다. 그런데 점차 과학에 몰두하면서 이에 대한 즐거움을 잃어버렸다. 다윈은 자서전에서 이렇게 고백했다.

　"나는 엄청나게 많은 사실들 가운데서 일반적인 법칙을 만들어내기 위한 기계가 되어버렸다는 생각이 들었다. 그렇게 좋아하던 취미를 잃어버렸다는 것은 나의 행복을 잃어버린 것이었다. 그것은 인간의 정서적인 요소를 약화시킴으로써 지성에 해를 주었을 뿐 아니라 도덕적 인격에까지 해를 주었던 것 같다."

　인간의 이성은 독자적인 것이 아니며, 감성의 지배를 받는다. 그리고 이성 뿐 아니라 감성도 사람을 사람답게 만드는 결정적 요소다.

기억의 흔적들은

새로운 관계가 형성됨에 따라

재배열되고 재기록된다.

- 프로이트

'기억'이라는 소설

책 중에 '자서전'이라는 것이 있다. 주로 사회적으로 성공한 노인이 쓴다. 자서전은 '내 인생은 기록될 가치가 있다'고 생각하는 사람들이 쓴다. 그런 생각을 많이 하는 사람들은 사회적으로 성공한 사람들이다. 사회적으로 성공하지 못한 사람들은 '내 인생이 가치가 있다'고 생각하지 않는다. 그래서 자서전 같은 걸 쓸 생각을 아예 하지 않는다.

자서전의 가장 흔한 컨셉은 '자신이 쓴 자신의 위인전'이다. 소위 '자뻑(자아도취)'이 가장 흔한 컨셉이다. 자서전은 삶의 역경과 고난을 강조할 수도 있고, 자기반성과 깨달음을 강조할 수도 있으며, 타고난 재능을 강조할 수도 있다. 그러나 무엇을 강조하건 그를 통한 자기 성공의 당위성으로 귀결된다는 공통점이 있다.

물론 자기과시나 자아도취를 위해 자서전을 쓴다고 대놓고 말하는 사람은 없다. 대개는 다른 이유를 댄다. 자신이 살아온 시대를 증언하기 위해서 썼다거나, 나의 인생이 후손들에게 교훈이 되었으면 하는 마음에서 쓴다고 말한다.

실제로 이런 의도에 충실하게 쓰여진 자서전들도 있다. 그러나 그렇더라도 자기 과시를 포기하는 것은 아니다. 예를 들어 역사적 사건이나 시대적 풍경을 잔뜩 써놓은 정치인의 자서전이 진정으로 하고자 하는 말은 '역사의 수레바퀴는 나를 중심으로 굴러갔다' '세상이 이렇게 좋아진 데에는 나의 공이 컸다'는 것인 경우가 많다.

자서전의 주인공인 저자는 대개 어린 시절부터 비범한 것으로 기술된다. 생활환경이 좋을 수도 있고, 그렇지 않을 수도 있다. 좋으면 좋은 대로 자신의 비범함으로 그 자양분을 흡수해나가고, 나쁘면 나쁜 대로 자신의 비범함으로 환경을 극복해나간다. 요는 '나는 어릴 때부터 성공할 자질이 충분했고, 성공이 예정된 자였다'는 것이다.

그러나 이게 사실일까? 어릴 때부터 자신의 인생이 성공할지 여부를 아는 사람이 있을 수 있을까? 자서전의 주인공들은 자신의 피나는 노력을 강조한다. 그러나 그러한 노력이 사회적 성공의 필요충분조건은 아니다.

실제로 성공한 사람들을 보면, 우연적 요소나 운이 적지 않게 작용한다. 대개는 인생의 터닝 포인트가 있는데, 그 시기를 지나면서 '어, 이러다가 내가 뭐가 될지도 모르겠는데?'하는 느낌을 받을 수는 있다. 그러나 그 전까지는 자기 인생이 어찌될지 몰랐다고 보는 것이 옳을 것이다.

자서전은 (성공을 이룬) 현재의 관점에서 과거를 기술한다. 자서전은 있는 그대로의 과거가 아니라, 현재의 관점에서 재배열되고 재해석된 과거이다.

이런 문제는 심리적·정신과적 질환에서도 관통된다. 이런 저런 심리적·정신과적 질환을 앓고 있는 환자는 자신에게 왜 이런 병이 생겼는지를 알아보기 위해 심리상담사나 정신과 의사를 찾는다.

그러면 상담사나 의사는 환자의 증상을 묻고, 과거 경험에 대해 듣기도 하며, 자신과의 대화에서 보이는 반응 등을 관찰해 발병 원인을 '구성한다.' 그리고는 당신의 이러이러한 과거의 트라우마나 공포가 지금의 질환을 발병케 했다고 설명해준다.

상담사나 의사의 설명이 맞는지 틀리는지는 사실 아무도 모른다. 그러나 분명한 것은 있다. 환자가 상담사나 의사를 신뢰하고, 그들이 제시하는 설명을 믿으면 증상이 완화된다는 점이다. 실제로는 그 해명이 다소 틀리더라도 환자가 그것을 '맞는 것으로 받아들이면' 치료 효과가 생긴다는 말이다. 중요한 것은 환자가 잘 받아들일만한 (과거에 대한) 논리적 해명을 상담사나 의사가 얼마나 효과적이고 정교하게 '구성해내느냐'인지도 모른다.

심리적·정신과적 질환 상담 치료가 주로 의식적 차원에서 이루어진다는 것은 환자의 지적 수준이 상담치료에 미치는 영향을 봐도 알 수 있다. 논리적 사고는 지적 수준과 상관이 있기 때문이다. 상담사나 의사가 구성한 논리적 발병 원인을 환자가 면밀하게 이해하고 받아들이려면 환자의 지적 능력이 요구된다. 지적 수준이 높은 사람은 아무래도 상담사나 의사의 논리적 해명을 더 잘 이해할 수 있고, 그것이 치료 효과로 나타난다.

인간에게 허구적 구성만큼 긴요한 것은 없다. 인간에게 진실이란 허구의 바다 위에 둥실둥실 떠다니는 부표 같은 것이다.

예전에는 대낮에도
별을 볼 수 있는 종족이
있었다.

- 레비 스트로스

별은 언제나 그 자리에

간혹 인문서에서 시적인 문장을 발견할 때가 있다. 이 문장이 그랬다. 나는 이 문장을 읽는 순간 너무 시적이라고 생각되어 문장을 사탕처럼 입에 넣고 굴려보았다.

대낮에도 별을 볼 수 있는……대낮에도 별을 볼 수 있는……. 멋있다. 대낮에도 별을 볼 수 있다니.

오늘날에는 별을 보기가 쉽지 않다. 대기 질도 안 좋고, 사람들의 시력도 나쁘기 때문이다. 시력 나쁜 사람들이 많은 것은 가까운 것만 보는 것과 형광등이나 액정화면 같은 인공적인 불빛에 너무 많이 노출되기 때문이다. 일상생활 속에서 도시인들의 시거리(視距離)는 기껏해야 몇 백 미터를 넘지 않는다. 멀리 보려 해도 빌딩 숲에 가로막혀 볼 수가 없다. 특히 스마트폰, 컴퓨터를 들여다 볼 때는 시거리가 몇 십 센티미터에 불과하다.

도시에 사는 사람들의 시력은 기껏해야 2.0이다. 그러나 초원이나 사막처럼 뻥 트인 곳에 사는 유목민들의 시력은 상상을 초월한

다. 티베트나 몽골 유목민들의 최고 시력은 5.0에서 많게는 8.0까지 나오는 경우도 있다. 5.0 이상이면 낮에도 별을 볼 수 있다고 한다. 낮에 별을 보는 것이 옛날 일만은 아니었던 것이다.

근시안적 시각은 물리적 시야의 문제만은 아니다. 정신적인 문제이기도 하다. 물리적 시거리가 짧은 것은 은연중에 정신적 비전에도 악영향을 준다. 몇 백 년은 물론이고, 심지어 몇 십 년 후에 벌어질 일도 고려하지 않고 눈앞의 이익을 위해 국가정책을 짜고, 기업을 운영한다. 항상 내일 당장이 문제고, 내일의 이익이 문제다. 그것은 일반인들의 생활 태도에서도 얼마든지 발견된다.

만약 우리도 낮에 별을 볼 수 있다면? 상상력과 정신이 그만큼 풍요로워지지 않을까? 개인적으로도, 사회적으로도 훨씬 장기적 전망을 갖게 되지 않을까?

"별이 빛나는 창공을 보고, 갈 수가 있고 또 가야만 하는 길의 지도를 읽을 수 있던 시대는 얼마나 행복했던가? 그리고 별빛이 그 길을 훤히 밝혀주던 시대는 얼마나 행복했던가?" 헝가리의 철학자 게오르그 루카치의 『소설의 이론』에 나오는 유명한 말이다.

어둠 속에서는 길을 잃기 쉽다. 그러나 별자리가 있으면 그것이 나침판의 역할을 한다. 별은 이상(理想)을 상징하기도 한다. 별이 길을 밝혀주듯, 이상은 우리가 나아가야 할 바를 밝혀준다.

별(이상)은 암흑의 시대에만 필요한 것은 아니다. 번영의 시대에도 필요하다. '번영의 시대'란 대개 어둠을 효과적으로 은폐한 시대인 경우도 많다.

일반적으로는 어둠 속에서 길을 잃기 쉽다고 생각한다. 그러나 오히려 대낮에 길을 더 쉽게 잃을지 모른다. 나침판 역할을 하는 별이 잘 보이지 않기 때문이다.

우리에게도 그런 역사가 있다. 많은 사람들이 군사독재시절, 민주화라는 확실한 목표를 향해 돌진했다. 그랬던 사람들이 독재가 종식되자, 많이들 길을 잃었다. 별을 보는 것은 밤에만 필요한 일이 아니다. 대낮에도 별을 볼 줄 아는 지혜가 필요하다.

배가 항구에 정박 중일 때는
아무런 위험도 없다.

그러나 배는
그러자고 있는 것이 아니다.

- 김달진

작가의 길

대학 입시를 볼 즈음, 아버지가 말했다. "목포 사범대 가서 선생이 되는 게 어떠냐?" 내가 말했다. "내가 선생이나 하게 생겼소?"

지금이야 교사라는 직업이 대표적인 철밥통으로 인식되지만, 그때만 해도 교사라는 직업의 위상은 그리 높은 게 아니었다.

아버지의 제안은 두 가지 면에서 마음에 들지 않았다. 하나는 목포라는 좁은(답답한) 지역 사회에 나를 머물게 한다는 점. 또 하나는 교사라는 직업이 갖는 '틀에 박힘(역시 답답함).'

아버지는 육사나 해사를 추천하기도 했다. 아버지의 생각은 두 가지였다. 하나는 학비가 저렴하거나 거의 들지 않는 곳에 진학했으면 하는 것. 또 하나는 안정적인 직업을 얻을 수 있는 진로. 사범대나, 육사, 해사는 거기에 부합하는 것이었다.

가난한 집에서 태어났으면, 경제적 형편을 생각해 아버지의 이런 제안을 받아들일 만도 하련만 나는 그런 효자하고는 거리가 멀었다.

일단 집에서 벗어나 서울로 가고 싶었다. 거기에는 아무 것도 정해지지 않은 미지의 세계가 있으니까. 아무 것도 정해지지 않은 것은 사람을 불안하게 만들기도 하지만, 한편으로 그것은 무한한 가능성의 세계가 아닌가.

생각해보면 그렇다. 사람이 태어나서 살아가는 방법은 무궁무진하게 다양할 것 같지만, 현실은 그렇지 않다. 일정한 나이가 되면 학교에 다녀야 하고, 학교를 졸업하면 취직을 해야 하고, 일단 취직을 하면 '배운 게 도둑질'이라고 특별한 일이 없는 한 그 길을 쭉 가다, 결혼해서 애 키우다 죽는다.

시간만 분절되어 있나? 사람들은 나이, 성(性), 직업, 출신지, 계급 별로 분할 통치된다. 사람들은 구획된 집단 속에서, 분절된 타이밍에 따라 자신에게 허용된 루트를 따라 살아간다.

이래서야 어떻게 '내가 내 생애를 살았다'고 말할 수 있겠는가. 그것은 '산 것'이 아니라 '살아진 것'이다. 주체적인 삶이 아니라 수동적인 삶이다.

물론 이것은 나이가 들어서 깨달은 것이고, 어린 시절의 나는 그것을 모두 알 수는 없었다. 그러나 당시에도 이러한 모순을 어느 정도 체감하고 있었다. 초중고를 다니면서, '아, 세상은 나를 옴짝달싹 못하게 얽매려하는구나.'하는 정도는 이미 느꼈다는 뜻이다.

아버지의 제안은 내 삶의 자기 결정권(자유)을 없애버린다는 점에서 거부감을 불러일으켰다. 예를 들어 내가 사범대에 갔으면, 특별한 일이 없는 한 교사가 되었을 것이다. 교사는 안정된 직장인만큼 특별한 일이 없는 한, 쉽게 그만 둘 수 없었을 것이다. 다른 직장인들과 마찬가지로 승진하려고 노력하고, 교과서에 나온 틀에 박힌 지식을 가르치면서 소시민적 안분지족(安分知足)에 머물렀을 것이다. 그러한 진로와 수순은 이미 정해져 있는 거나 다름없었다.

내가 제안을 거부하자, 아버지는 "그럼 무엇이 되려고 그러냐?" 하고 물었다. 이런 질문은 지금도 학교와 가정에 횡행한다. 아이가 정해진 루트를 받아들이지 않으려 할 때, "그럼 네가 되고자 하는 것이 무엇이냐?" 하는 질문.

그러나 이 질문은 문제가 있다. 왜냐하면 세상은 아이에게 그런 것을 고민해볼 기회와, 시간을 제공하지 않았기 때문이다. 그러고는 "무엇이 되려고 그러냐?" 하고 묻는다. 그러니 어떻게 대답할 수 있겠는가. 모르면 결정을 유예하고, 그것을 고민해볼 시간과 기회를 가질 수밖에.

나는 대학에서 문학 동아리 생활을 한 이후, 작가가 되는 쪽으로 마음이 기울었다. 그러나 여전히 앞길은 오리무중이었다. 작가가 된다는 것이 시도하면 될지, 설사 된다고 하더라도 그걸로 먹고 살 수는 있는지 전혀 알 수 없는 일이기 때문이다.

　더구나 작가가 되는 일은 상당한 시간이 걸리는 일이었다. 그 때문에 한동안 직장 생활과 작가 지망생 생활을 병행해야 했다. 문제는 콩밭(글쓰기)에 마음이 가 있어서 생계로 하는 일들을 등한시하게 된다는 점이다. 생계로 학원 강사 일을 해봤고, 일반 회사도 다녀봤고, 사업도 해봤고, 출판사도 다녀봤지만 그 일들에 전력을 다해 해본 적이 없다. 전력을 다해도 생계가 안정이 될까 말까한 판에 그러지 않으니 늘 위태로운 생활이 이어졌다.

　결국 고만고만하게 일을 하다 삼십대 중반에 다 때려치웠다. 그리고 옥탑방에서 홀로 글을 쓰기 시작했다.

　작가가 되고도 생활이 쉽지 않았다. 경제적으로는 직장을 다닐 때보다 더 어려워졌다. 그러다가 불면증, 공황장애, 구안와사(口眼喎斜, 입과 눈 주변 근육이 마비되어 얼굴이 한쪽으로 비뚤어지는 질환)를 앓았다. 모두 신경정신 관련 질병인데, 불안한 경제 상황이 만들어낸 스트레스가 주 원인이었다. 글을 쓰려고 하지 않았으면 걸리지 않았을 병들이었다.

　내가 살아온 이력을 돌아보면 안정적인 것과는 거리가 멀었다. 오히려 안정적인 것 보다는 그 반대를 선택해왔다고 보는 편이 맞겠다.

지금도 여전히 나는 가난한 작가다. 그러나 후회는 없다. 적어도 나는 내 삶의 결정권을 누구에게 위탁하지 않고, 내 스스로 결정하며 살아왔으므로.

인생은 사람들 앞에서
바이올린을 켜면서
바이올린을 배우는 것과
같다.

- 사무엘 버틀러

글쓰기를 가르친다는 것

세계는 하나의 무대이며, 인생은 그 위에서 연기를 하는 것이라는 비유가 있다. 그러나 실은 우리에게는 살아가는 것을 연습할 무대 뒤가 없다. 우리가 살아가는 '사회'라는 무대는 무대 뒤가 없는 총체적 무대다. 우리는 그저 살면서 실수와 잘못을 하고, 그것을 다른 사람들에게 들키면서 사는 법을 배워갈 뿐이다.

글쓰기도 마찬가지다. 글을 쓰면서 글쓰기를 배운다. 나도 그랬다. 나는 돈을 내고 누군가에게 글쓰기를 배운 적이 없다. 그저 글을 쓰다가 글쟁이가 되었을 뿐이다.

나는 대학에서 문학 동아리 생활을 하면서 글을 쓰기 시작했다. 그 때는 주로 시를 썼다. 일학년 마치고 군대를 다녀와서 다시 동아리 생활을 하니 고학번 선배가 되어 있었다. 고학번이라는 이유로 아는 것도 별로 없으면서 후배들을 가르쳐야 했다.

전국대학생문학연합 의장을 맡으면서는 더 많이 가르쳐야 했다. '하방(下放)'이라고 해서 전국의 문학 동아리들을 돌아다니며 지도해야 했다. 가르치는 자리에 있다 보니, 공부하고 글 쓰는 것에 게으를 수 없었다. 내가 지금 글 쓰게 된 것도 그 때의 경험이 결정적이었다.

배우는 사람은 가르치는 사람이 가르치는 내용과 형식에 대해 상당히 완성되어 있기 때문에 가르친다고 생각하기 쉽다. 그러나 가르치는 사람도 가르치면서 가르치는 것을 배운다. 가르치면서 그 내용과 형식도 점점 완성되어 간다.

그런 것을 생각하면, 무언가를 배운다는 것은 그저 '무언가 할 기회를 갖는다'는 것에 다름 아니다. 무언가를 하면 무언가를 배운다. 나아가 열렬히 할 만한 기회를 가질수록 더 열렬히 배운다. 나는 운이 좋았다. 그럴만한 기회를 가졌으니까.

사람이 자신의 열정을 폭발시킬 때가 있다. 어떤 일을 함으로써 자신도 성장하고 사회에도 좋은 영향을 미친다고 확신할만한 일을 할 때가 그렇다. 내가 대학생 때 했던 문학운동이 그랬다. 나 자신의 영혼을 성장키는 일이기도 하지만, 사회변혁운동(학생운동)의 일환이기도 했다.

나는 지금도 글쓰기를 가르친다. 대학교 때부터 가르친 걸 생각하면 20년 이상 글쓰기를 가르쳐온 셈이다. 그러나 지금 내가 하는 글쓰기 교육은, 대학교 때 후배들과 함께 합평회하고 내가 아는 것을 전달했던 것과는 다른 일이다.

지금 나는 생계를 위해 글쓰기를 가르친다. 나름 프로의식을 갖고 정성을 다해 가르친다. 엄연히 상업적 메커니즘이 지배하는 세계다. 배우는 사람이든, 가르치는 사람이든 애초 의도가 대학교 때랑은 다를 수밖에 없다.

글쓰기를 배우는 것과 글을 쓰는 것은 본래 분리될 수 없다. 그런데 그것을 분리해 가르친다. 이런 문제를 생각하면, 가르치는 일에 회의가 들기도 한다.

요즘 아이들은 노는 것도 강사에게 배운다. 강사에게 놀이를 배운 아이들은 놀이의 진정한 즐거움을 알기 어렵다. 자유롭게 놀면서 놀이를 배운 아이들이 진정으로 놀 줄 아는 아이가 된다.

글쓰기도 마찬가지다. 글을 쓰면서 글쓰기를 배운 사람이 글쓰기의 즐거움을 알고, 오랫동안 진정으로 글을 쓸 수 있게 된다.

나는 돈을 내고 배우지 않았다. 그저 운 좋게 알게 된 선배 작가들에게 전해 듣고, 책을 읽고, 동아리 회원들과 쓴 것에 대해 토론하고, 서로 아는 것을 주고받으면서 즐겁게 써왔을 뿐이다.

그런 내가 상업적 메커니즘 속에서 글쓰기를 가르치는 것은 어쩌면 난센스다. 인세만으로는 먹고 살 수 없어 글쓰기를 가르치기는 하지만, 난센스라는 생각을 지울 순 없다.

실제로 글쓰기 강의를 들은 사람 중 글 쓰는 사람은 극소수다. 물론 글을 쓰는 사람도 있다. 그러나 그런 사람은 강의를 듣기 전에도 이미 글을 썼던 사람들인 경우가 대부분이다. 강의를 들었기 때문에 글을 쓰는 것이 아니라는 말이다.

글쓰기를 가르칠수록 '글쓰기는 가르칠 수 없다'는 말을 실감하게 된다. 글쓰기를 배우는 것이 실질적인 도움이 된다면, 그것은 이미 글을 쓰고 있는 사람에게 한정된 말일 거라고 생각한다.

어떤 사람이 현재의 애인과 함께 있을 때
과거의 사랑을 대하는 무관심에는
특별히 잔인한 면이 있다.

오늘은 이 사람을 위해서 무엇이라도
희생할 수 있을 것 같은데,

몇 달 후에는 그 사람을 피하기 위해서
일부러 길을 건넌다는 것은
무시무시하지 않은가.

- 알랭 드 보통

사랑은 마음보다 태도

장면1.

대학 동아리 후배의 결혼식이 있을 때였다. 예식장에 갔더니, A가 와 있었다. 예식을 보고, 밥 먹는 자리. 자리는 비좁은데 하객들이 많았다. 서로 끼어 앉다 보니, 어쩌다 A와 마주앉게 되었다.

밥을 먹으며 몇 마디 안부를 물었지만 분위기가 영 어색했다. 나로서는 오랜만에 보니 반가운 마음도 있었다. 그러나 A는 그렇지 않았던 것 같다.

오랜만에 동아리 선후배들이 모였으니, 그냥 헤어질 리 없다. 당연히 술 한잔 더 하고 헤어지자는 말이 나왔다. 그러나 A는 다음 일정이 있다는 핑계로 서둘러 자리를 떴다. 나와 함께 있는 것이 불편했을 것이다. A는 동아리 후배이자 나의 옛 연인이었다.

장면2.

내가 옥탑 방에 혼자 살 때였다. 집에서 일을 하다가, 잠깐 창문 밖을 내다보았다. 그랬더니 헤어진 연인 B가 대문 앞 골목에 서서 나를 올려다보고 있었다.

어, 왜 왔지?

헤어진 지 몇 달……. 원망과 자책, 미안함과 증오, 아쉬움과 슬픔이 뒤범벅 된 채로 살고 있었다.

그녀의 출현이 비현실적으로 느껴졌다. 그녀는 햇볕에 눈이 부신지 눈을 가늘게 뜨고 올려다보고 있었다.

아무 말 없이 서로 얼마간 바라보다가 결국 내가 창가에서 물러섰다. 심장이 뛰었다.

몇 분이 지났을까? 다시 창문으로 내려다보니, 사라지고 없었다. 뛰어 내려가서 주변을 둘러봤지만, 없었다.

지금 생각하면, 만나지 못한 것이 다행이었다. 그녀에게도, 나에게도.

김광석의 노래 중에 〈너무 아픈 사랑은 사랑이 아니었음을〉이란 제목의 노래가 있다. 나는 김광석을 좋아하지만, 이 노래만은 마음에 들지 않았다.

아픈 사랑도 얼마든지 사랑이 될 수 있지, 왜 사랑이 아니란 말인가? 그래서 반어법으로 생각했다. '이별이 너무 아파서 사랑이 아니라고 말하나보다.' 하고. 한동안 그랬다. 그러나 지금은 생각이 달라졌다. '너무 아픈 사랑은 사랑이 아닐 수도 있다'고 생각한다.

당연한 말이지만, 사랑은 애착을 낳는다. 사랑에 빠진 사람은 자연스럽게 상대방과의 합일에의 욕구를 갖게 된다. 상대의 몸과 마음, 정신과 영혼으로 마구 파고들어가 하나가 되고 싶은 욕구에 취하게 된다.

그런데 여기에 문제가 있다. 애착은 집착으로 변하기 쉽다. 이 점이 위험하다. 애착이 집착으로 변하는 순간, 사랑은 퇴행한다. 사랑의 이름으로 상대방의 몸과 마음, 감정과 정신을 모두 자신의 손아귀에 넣으려 한다.

아무리 사랑하더라도 타인은 나와 다른 사람이다. 그가 개별적인 인격체로서 자율성과 독립성을 가진 존재임을 받아들여야 한다. 이 점이야말로 성숙한 연애의 유일한 토대다.

성숙한 사랑을 하려면, 상대가 원할 때 언제라도 '거리'를 허용할 수 있어야 한다. 심리적으로, 공간적으로 나와 떨어져 있겠다 하면 그것을 존중할 수 있어야 한다. 이것은 거대한 시험이다. 애착이 발동되는 사랑을 하면서 상대방과 거리를 두기란 쉽지 않기 때문이다. 이 시험에 통과하느냐 마느냐가 성숙한 사랑이냐 아니냐를 결정하는 관건이 된다.

　사실 사랑을 시작하는 것보다 사랑을 유지하는 것이 더 어렵다. 성숙한 인격에 기초한 관계만이 사랑을 온전히 유지시킨다. 상대방이 달다고 다 핥아먹으려 하면 안 된다. 그것은 폭력이고 착취다. 일방적이라는 점에서 '관계없는 관계'다. 그것은 결국 파국으로 끝난다. 사랑하는 마음보다 중요한 것은 사랑하는 태도인지 모른다.

노동하거나

살아가거나

나는 사람들이
나의 의견에 금방 동의하면,

나의 의견이 옳지 않음을
깨닫는다.

- 오스카 와일드

'상식'이라는 습관

우리에게는 '인정 욕구'라는 것이 있다. 남들이 나의 말에 동의할수록 좋아하고, 반대하면 싫어한다. 이것은 감정의 문제만은 아니다. 이성적으로도 남들이 나의 말에 동의할수록 나의 말이 맞겠거니 하고 사람들은 확신한다. 반면 사람들이 나의 말에 동의하지 않으면, 나의 확신 역시 희미해지는 경우가 얼마나 많은가.

『전국책(戰國策)』의 「진책 秦策」에 보면, '증삼살인(曾參殺人)'이라는 고사가 나온다. 내용은 이렇다.

춘추시대 말, 증자가 노(魯)나라의 비(費)라는 읍에 있을 때의 일이다. 이곳 사람 가운데 증자(曾子)와 이름과 성이 같은 자가 있었는데 그가 사람을 죽였다. 사람들이 증자의 어머니에게 말했다. "증삼이 사람을 죽였어요." 증자의 어머니는 말했다. "우리 아들은 사람을 죽이지 않았습니다." 그리고는 태연하게 짜고 있던 베를 짰다. 얼마 후, 또 한 사람이 말했다. "증삼이 사람을 죽였어요." 증자의 어머니는 이번에도 여전히 태연하게 베를 짰다. 그로부터 얼마 후 또 다른 사람이 말했다. "증삼이 사람을 죽였어요." 이에 증자의 어머니는 두려워하며 북을 던지고 담을 넘어 달렸다.

증자라고 통칭하는 증삼은 공자의 제자다. 증자는 공자의 손자인 자사(子思)를 가르쳤고 자사는 맹자의 스승이 되었다고 전해진다. 그는 유교의 전통에서 대단히 중요한 위치를 차지한다. 『논어』에 묘사된 그의 캐릭터는 매우 진중하다.

이를 테면 "나는 하루에도 몇 번씩 자신을 살펴본다. 남을 위해 도모함에 있어 진실치 못하지는 않았던가? 벗들과 교제함에 있어 믿음성이 없지는 않았던가? 이어받은 가르침을 아니 익히지는 않았던가?" 같은 말이 『논어』에 나온다. 경박함과는 거리가 먼 인물이다. 이런 사람이 살인을 할 리가 없다.

증삼의 어머니 역시 아들의 인간됨을 잘 알고 있다. 그런데도 세 번째 소문을 듣고는 '혹시? 정말?' 하면서 불안한 마음이 불같이 일었다. 이것을 어머니의 부박함으로 설명할 수는 없다. 우리도 늘 이렇기 때문이다. 내가 틀림없이 '맞다'고 확신하는 것도, 많은 사람들이 '아니'라고 하면, 내가 잘못 생각한 것은 아닌가 의심해보게 된다.

물론 내 생각이 틀릴 수도 있다는 열린 마음을 갖는 것, 그런 마음으로 다른 사람들의 의견을 경청하는 것을 나쁘다고 할 수는 없다. 그러나 그렇다고 해서 다수의 생각이 무조건 옳은 것도 아니다.

다수의 생각은 단순히 한 사람 한 사람의 주체적 생각의 합이 아니다. 다수의 생각은 '학습된 공감대'를 기반으로 하게 마련이다. 그런데 학습 행위는 평등한 관계 속에서 일어나는 것이 아니다. 학습을 시키는 자와 학습을 받는 자는 주로 권력 관계로 이루어져 있다. 학습을 시키는 자는 일정한 권위를 갖고 있으며, 학습을 받는 자는 그 권위를 따르게 되어 있다.

학습을 시키는 자의 권위는 다시 그 위의 더 큰 권위자(권력자)로부터 부여된 것이다. 일반적으로 사회적 학습은 권력의 논리와 주장이 체화되는 과정으로 이루어져 있다. 그것이 '학습된 공감대'가 형성되는 과정이다.

여기에 미디어의 힘이 가세한다. 여론 형성에 있어서 미디어의 힘은 압도적이다. TV·인터넷·광고·영화 등 각종 미디어는 사람들의 의식을 부지불식간에 일정한 방향으로 유도한다.

대중의 의식을 유도하는 주된 방법 중 하나는 상식적인 말을 하는 것이다. 어디서 많이 들어본 듯한 말을 하면, 별 무리 없이 대중의 호응을 이끌어낼 수 있다. 대중의 호응을 필요로 하는 정치인이나 연예인들이 상식적인 말을 쏟아내는 것은 그 효용 때문이지, 진실 때문이 아니다.

미국의 인류학자 클리포드 기어츠는 이런 말을 했다. "상식을 깊이 파고들면, 거기에는 당연하거나 불가피한 것이 전혀 없으며 교육을 통한 주입과 익숙함이 그런 것들을 상식으로 보게 만드는 문화만 있을 뿐이다." 새겨 볼 말이다.

너무나 단순한 일을

평생 반복하느라

불구가 된,

그리하여 부분적으로만

인간이 되어버린

분업 노동자.

- 칼 마르크스

'분업'이라는 비극

어릴 적 살았던 목포 집 근처에 작은 구멍가게가 하나 있었다. 작고 허름한 가게였는데, 내 또래의 꼽추 딸을 가진 아저씨가 운영하는 가게였다. 나는 이따금 거기서 주전부리를 사먹기도 하고, 아버지 심부름으로 담배를 사오기도 했다.

그 가게는 내가 초중고를 졸업할 때까지 그대로 있었다. 대학을 간 내가 방학이 되어 고향에 내려와도 그대로 있었고, 군대를 갔다 휴가를 나와도 그대로 있었다. 외람된 말이지만, 그 가게에 붙박이처럼 앉아있는 아저씨를 볼 때마다 나는 '인생 참 심플하다'는 생각을 했다.

물론 그 아저씨도 나름대로 '산전수전 다 겪었다'거나 '다사다난한 인생을 살았다'고 생각할지 모르겠다. 그러나 그 작은 가게에서 손님이 찾는 물건을 내주고, 돈을 받는 단순한 일을 반복하며 살아왔던 것도 사실이다.

이런 것이 아저씨만의 일은 아닐 것이다. 대부분의 사람들은 일정한 직업이 있다. 그리고 그 직업에 맞는 직무를 반복하며 산다. 그러다보면 일 때문에 먹고 살기는 하지만, 한편으로는 '내가 평생 이 일 하려고 태어났나?'하는 생각이 드는 것도 사실이다.

일은 즐겁고, 보람이 있어야 한다. 자기 성장도 되는 것이라면 더 좋다. 그러나 우리 사회에 그런 일은 매우 적다. 대부분의 일들은 소모적이다.

대부분의 사회인들은 일을 하면서 자신이 마모되는 느낌을 받는다. 심지어는 내 목숨을 담보로(수명을 줄여가며) 일해서 먹고 살고 있다는 느낌을 받는 경우도 많다. '나를 살리는 것'인지 '나를 죽여가는 것'인지 알 수 없는 상태에서 밥을 벌어먹는다.

이렇게 말하면 '너만 그렇게 사는 게 아니라 다들 그렇게 산다.'고 말하는 사람들이 있다. 그러나 모두가 그렇게 산다고 해서 좋은 것, 옳은 것이 되지는 않는다. 그것은 대다수가 불행한 사회라는 것을 반증할 뿐인지 모른다.

사회가 복잡해질수록 일도 복잡해진다고 생각하는 사람들도 있다. 그러나 사회가 복잡해진다고, 일도 복잡해지는 것은 아니다. 분업화, 기계화로 인간이 하는 일은 오히려 갈수록 단순해지고 있다.

사실 직무만 생각하면 그렇게 오래 배워야 할 필요도 없다. 오랫동안 교육을 받아야 하는 것은 취업 경쟁의 심화(일자리 부족) 때문이지, 직무가 복잡해져서 그런 것은 아니다. 둘은 엄연히 다른 문제다.

단순 작업을 반복하는 것은 지루하고 지겨운 것 이상의 문제다. 인간은 본래 다양한 능력을 가진 존재다. 다양한 능력들을 다양하게 발휘하며 살아야 사람은 행복하다. 그러나 대개는 직무 때문에 한 가지 일만 반복하며 산다.

오늘날 대부분의 일들이 분업화되어 있는 것은 인간적 요구 때문이 아니라, 생산성 때문이다. 높은 생산성은 인간을 위해 필요하다고 말한다. 그러나 본말이 전도되어 있다. 생산성 향상이라는 목적을 위해 인간이 소모된다.

TV 프로그램 〈생활의 달인〉을 보면, 한 가지 작업을 오래 반복하다보니 그 일에 통달한 사람들이 등장한다. 예를 들어 나는 그 프로에서 지폐 계수기보다 신속 정확하게 지폐를 세는 중국의 은행원을 본 적이 있다.

그녀의 능력은 놀라울 정도였다. 그녀는 심지어 눈을 감고 돈뭉치를 세면서 순간적으로 손의 감촉을 이용해 그 안에 섞여있는 위조지폐를 골라내기도 했다. 이것은 감히 기계가 할 수 있는 작업이 아니다. 기계에는 감각이 없기 때문이다.

그것을 보노라면, '역시 사람은 사람이구나.'하는 생각이 든다. 이중적인 의미에서 그렇다.

사람은 실수를 한다는 점에서는 기계보다 못할 수도 있다. 그것도 인간적이다. 그러나 도저히 창의성을 구할 수 없을 것 같은 단순 작업에서조차 사람은 감각과 머리를 써서 '기계보다 나은 기계'가 되기도 한다.

기계는 설계된 대로 움직인다는 점에서 한계가 있다. 그러나 사람은 꾸준한 자기 연마를 통해 기계를 초월할 수도 있다. 그것도 역설적으로 인간적이다.

달인들의 능력을 보고 있노라면 놀랍고도 슬프다. 기계보다 나은 능력을 갖게 되었다는 점에서는 놀랍지만, 그런 감각과 창의성이 고작 파편화된 단순작업에서 드러내고 있다는 점에서는 슬프다.

만약 우리가 생산성의 질곡에서 벗어난다면, 분업화된 시스템에 갇혀 있지 않다면 얼마나 많은 창의성이 발현될까? 그로 인해 사회는 또 얼마나 풍요로워지고 진보할까? 소외되지 않는 노동은 얼마나 사람들을 행복하게 하고, 인간을 인간적으로 만들까? 내가 〈생활의 달인〉을 보며 느끼는 것들이다.

어린아이들이 전혀 없는 곳에서
성인은 야만적인 태도를 보여준다.

청소년들은
어른들이 전혀 없는 곳에서
또 다른 야만적인 태도를 보여준다.

- 아베 피에르

어울려 산다는 것

사람이 태어나 남녀노소와 어울려 사는 것은 자연스러운 일이다. 인간 사회는 남녀노소로 이루어져 있기 때문이다.

그런데 살다보면 남자, 혹은 여자로만 이루어진 사회 속에 있을 때가 있다. 젊은 사람 또는 나이든 사람끼리만 모인 사회에 있을 때가 있다.

예를 들어 학교가 그렇다. 학교는 또래로 이루어진 사회다. (물론 학교에도 선생님, 교장 같은 어른들이 있지만, 생활의 중심은 엄연히 또래다.) 군대도 마찬가지다. 군대는 거의 남자들로 이루어진 사회다.

이런 사회의 공통점은 자연스럽게 이루어진 사회가 아니며, 권력에 의해 억지로 성립된 사회라는 점이다.

권력이 이런 사회를 인위적으로 만드는 이유는? 관리감독하기 편하기 때문이다. 사람들을 분류, 관리함으로써 균질적인 국민을

양성하고, 통제력을 높이면서 자신의 권력을 유지, 강화한다.

　문제는 이런 사회에서 야만적인 일들이 많이 생긴다는 것이다. 또래로 이루어진 '학교'라는 사회에서 아이들은 야만적인 일들을 행한다. 그 일들은 우리가 늘 언론을 통해서 보는 바이다. 성폭력, 따돌림, 사이버 불링, 가혹행위, 갈취(삥 뜯기) 등.

　어른들로만 이루어진 집단도 건강하지 않기는 마찬가지다. 어른들은 아이들이 주변에 있을 때 그 눈을 의식해서라도 나쁜 일을 삼가려는 경향이 있다. 아이들이 나쁜 것을 배울까 저어하는 것이다. 그러나 아이들이 없는 곳에서는 마음껏 퇴폐적이고, 비도덕적으로 행동하는 경우가 많다.

　남아프리카 공화국에서 오랫동안 행해진 '아파르트헤이트(인종 분리)'라는 정책이 있다. 거주지는 물론이고 버스, 병원, 학교, 해변, 공원 벤치조차 백인용과 흑인용이 따로 분리하는 정책이다. 이 용어는 사람을 분리해 관리하는 통치의 상징이었다.

　그러나 아파르트헤이트는 머나먼 남아공, 그것도 옛날의 남아공만의 문제는 아니다. 우리는 처음 알게 된 사람에게 "어디 사세요?"하고 묻곤 한다. 이럴 때 상대가 "저 ○○동에 살아요."하는 대답만으로도 그 사람이 부자인지, 가난한지를 유추할 수 있다. 부자 동네가 있고, 가난한 동네가 있기 때문이다. 부자는 부자들끼리 모여 살고, 가난한 사람들은 가난한 사람들끼리 모여 산다. 이 역시 '온건한 아파르트헤이트'라고 할 수 있다.

장애인들도 그렇다. 우리가 일상생활에서 장애인들을 많이 볼 수 없다. 많은 장애인들이 시설에 모여살기 때문이다. 그것을 우리는 흔히 '복지'라고 한다. 그러나 그것은 장애인들을 사회로부터 격리시키는 것에 다름 아니다.

나는 예전에 김포공항 근처 방화동에서 산 적이 있다. 그 동네에 한 가지 특징이 있었는데, 길거리를 돌아다니는 장애인들이 유독 많다는 것이다. 휠체어를 탄 장애인이 반려견과 산책하는 모습, 장애인들끼리 공공임대 아파트 벤치 근처에 옹기종기 모여 이야기하거나 동네 식당이나 술집에서 회합을 갖는 모습을 보는 것이 일상적이었다.

그 동네에 장애인들이 많은 데에는 이유가 있었다. 동네에 장애인들을 위한 편의시설과 주거복지가 잘 되어 있었기 때문이었다. 동네가 장애인이 살기에 좋다는 이야기가 장애인들 사이에 널리 퍼져 있는 모양이었고, 그래서 더욱 모여드는 듯 했다.

주민들 중에는 장애인들 때문에 동네 집값 떨어진다고 투덜대는 사람들도 있었다. 그러나 생각해보면, 멋진 일이었다. 나는 장애인들이 많이 돌아다니는 풍경이, 장애인들을 위한 복지가 잘 되어 있는 유럽 같다고 느꼈다.

우리나라에서는 길거리를 다니는 장애인들을 많이 볼 수 없다. 장애인들이 일상생활을 하기에 좋은 조건이 아니기 때문이다. 장애인들이 잘 눈에 띄지 않으니, 장애인들에 대한 일반인들의 관심도 줄어든다. 일반인들의 관심이 적으니, 법과 제도, 의식과 문화 개선이 잘 이루어지지 않는다. 악순환이다.

사회가 건강하기 위해서는 남녀노소, 장애인과 비장애인, 다양한 인종, 다양한 계급 계층의 사람들이 서로 자연스럽게 어울려 살아야 한다. 그래야 서로의 입장을 이해하고, 사회를 이해하는 폭도 넓어진다. 그것은 민주주의 발전에도 중요한 자양분이 된다.

나는 나의 삶을 회복하느라
당신에게 손 쓸 여력이 없다.

당신도 나에게 손 쓸 여력이 없다.

사람들은 행복할 때만
"우리 한번 모이세!" 할 수 있다.

- 월터스토프

정작 모여야 할 때

대학 동아리 송년회에 가보니, 후배 K가 있었다. 오랜만이었다. 그동안 왜 그렇게 얼굴 보기가 힘들었냐고 물으니, 한 동안 실직 중이었단다. 그리고 지금은 다시 직장을 구했다며 웃었다.

새삼 놀랐다. 늘 호탕하고 씩씩한 친구라 고작 실직 중이었다는 이유로 두문불출했다는 것이 믿기지 않았다.

송년회 1차가 끝났을 때 K는 "여기는 제가 쏠게요." 했다. 그제야 알았다. 그가 이제까지 송년회에 안 왔던 것은 한 턱 낼 돈이 없었기 때문이란 걸.

대학시절부터 그랬다. K는 술값을 아끼지 않고 내기를 좋아했다. 동아리에 대한 애정이 많은 탓도 있고, 조금씩 갹출해서 술값을 내는 것이 성미에 안 맞기 때문이기도 했으리라.

그래도 그렇지, 오랫동안 봐온 사람들인데, 돈이 없다고 송년회에도 못 왔다는 것이 말이 되나 싶었다. 술값이야 누가 내도 내면

되는 것이니까. 그러나 당사자는 그렇지 않았던 모양이다.

서로 모여 위로를 주고받는 것이 필요한 때는 사는 것이 힘들 때다. 그러나 현실은 반대다. 정작 어려울 때는 혼자다. 어려움에 처한 사람은 그것을 헤쳐 가는 것만으로도 힘든데, 고립감이나 외로움과도 싸워야 한다. 반면 뭔가 잘 되고 있는 사람, 성공 가도에 있는 사람 옆에는 사람들이 넘쳐난다.

송년회 같은 모임도 해보면, 나오는 사람들은 별 일 없이 잘 살고 있는 사람들이다. 곤경에 처한 사람들은 나오지 않는다. 그래서 모임에 나오느냐 그렇지 않느냐로 어느 정도 형편을 짐작할 수 있다.

모여서 뭘 할까? 대개는 자신이 얼마나 잘 나가고 있는지를 자랑한다. 자기 사업을 자랑하고, 자기 자식을 자랑한다. 그런 사람의 목소리가 가장 크다. 잘 나가는 것에도 경중이 있어서, 그보다 못나가는 사람은 자기 얘기를 잘 안하고, 조용히 듣는 입장이 된다.

우리 동아리는 운동권 문학 동아리였다. 대학 시절, 나름 민주주의를 위해 열심히 싸우고 헌신했던 동아리였다.

지금 젊은이들은 이해하기 힘들겠지만, 당시에는 민중의 자식들이 기고만장했던 시절이었다. 민중은 혁명의 주된 동력이자 역사의 주인이라고 여겨졌다. 그러므로 같은 대학생이라도, 농부나 노동자의 자식이면 떳떳하고 자랑스러워했고, 아버지가 부와 권력을 가진 기득권 출신이면 오히려 미안해하고 부끄러워했다. 그럼에도 불구하고 나이가 드니, 이 모양이다.

사람들이 모이고 연대해야 할 때는 곤경에 빠졌을 때다. 곤경에 빠진 사람들은 외톨이로 남겨지고, 별 일 없이 잘 살고 있는 사람들만 서로 모인다면, 사회 문제 해결은 요원해질 것이다.

사는 것이 힘들수록 "우리 한번 모이세!" 할 수 있다면, 어려운 상황에 처해있어도 불행감이 반감될 것이다. 그럴 수 있다면, 불행을 헤쳐 나갈 힘도 생길 것이다.

행복할 때 "우리 한번 모이자!" 하는 사회보다, 내가 불행할 때 "나 요새 기분이 좀 안 좋은데, 우리 한번 모이자!" 할 수 있는 사회, 혹은 '○○이 지금 어렵다는데 우리 한번 모여서 힘을 실어주자!' 할 수 있는 사회가 더 좋은 사회라는 것은 분명하다.

미친 사람이 동쪽으로 달리면,
그를 잡으려는 사람도
동쪽으로 달린다.

동쪽으로 달린다는 사실은 같으나,
그 뜻은 다르다.

물에 빠진 사람이 물에 잠기면,
그를 구하려는 사람도 물에 잠긴다.

물에 잠긴다는 사실은 같으나,
그 뜻은 같을 수가 없다.

- 회남자

폭력의 의미

지금은 상상하기 힘든 일이지만, 1980년대 초기만 해도 전투경찰과 사복경찰이 대학에 상주했었다. 그 풍경이 살벌하기 그지없었다. 생각해보라. 학생들 전체를 잠재적 범죄자 취급하며 무장한 경찰들이 그 동태를 살피고, 조금이라도 이상한 낌새가 있으면 즉각 진압하고 연행해가는 장면을.

쿠데타로 권력을 잡은 전두환 정권은 권력의 정통성이 없었다. 그래서 언론의 자유, 집회 결사의 자유를 용인할 수 없었다. 정부를 비판하는 구호를 외치거나 유인물을 뿌리거나, 불온서적을 소지하거나, 대자보를 붙이는 학생이 있으면 즉각 붙잡아갔다.

이런 일들이 학교에서 벌어졌다. 그래서 당시 운동권 학생들은 '어떻게 하면 조금이라도 시위를 더 오래 할 수 있을까?'를 고민했다. 그 결과 나온 것이 고공전, 즉 건물 옥상에 올라가 시위를 하는 것이었다.

형식은 이랬다. 몇 명이 올라가 옥상에 올라가 구호를 외치면, 지상에 깔려 있던 경찰들이 그것을 보고, 건물 위로 쫓아 올라온다. 그 시간 동안 유인물을 건물 아래로 던져 뿌리고 건물 아래 학생들을 향해 구호를 외치며 선전선동을 한다.

경찰이 옥상에 도착할 즈음, 학생들은 미리 건물에 묶어놓은 밧줄을 건물 아래로 던진다. 그리고 밧줄을 타고 내려오면서 다시 구호를 외친다. 지상에 내려오면 이미 대기하고 있던 경찰들에게 붙잡혀간다.

당시 학생들의 목적은 체포되지 않고 선전선동을 하는 것이 아니었다. 체포되는 것을 기정사실화하되, 어떻게 하면 선전선동을 할 시간을 벌 수 있는가가 관건이었다.

이 마저도 쉽진 않았다. 어떻게 알았는지, 사전에 정보를 입수한 경찰은 미리 옥상 근처에 대기해 있다가 시위가 시작되자마자 입을 틀어막고, 독수리가 병아리 낚아채가듯, 연행해가기 일쑤였다.

선전선동은 대개 "학우여!"로 시작되었는데, 어찌나 득달같이 달려들어 연행해가 버리는지, "학!"이라는 말만 내뱉고 마는 경우가 많았다. 그래서 학생들은 이를 "학사건"이라 불렀다. 우스개처럼 들리지만, 슬픈 이야기이기도 하다.

1983년 12월 22일 전두환 정권은 소위 '학원자율화' 조치를 단행했다. 말 그대로 학원의 자율성을 보장하는 조치라는 뜻이다. 전두환 정권이 왜 이런 조치를 단행했는지에 대해서는 아직도 의견이 분분하다. 86년 아시안게임, 88년 올림픽을 앞두고 이미지를 개선하려는 전두환 정권의 꼼수였다는 설, 미국 정부의 권고에 따른 것이라는 설 등이 있다.

내 생각에는, 쿠데타로 권력을 잡은 지 몇 년이 지나 권력이 안정권에 접어들었다고 판단했던 것 같다. 학생시위에 대한 강경 일변도의 대응이 오히려 반발감만 불러일으킨다는 판단도 작용했을 것이다. 무엇보다 이런 조치를 취해도 충분히 사회를 통제할 수 있다는 자신감, 우리가 비록 총칼로 권력을 빼앗기는 했지만, 아주 나쁜 놈들은 아니며 민주화에 대한 국민적 열망을 들어줄 줄도 안다는 것을 과시하고 싶었던 것 같기도 하다.

아무튼 이 조치로 학원 내 모든 경찰 병력 철수가 공표되었다. 그러나 말 뿐이었다. 전투경찰만 철수했을 뿐, 사복 경찰들은 여전히 학원에 남아 있었다. 그래도 무장병력이 학내에서 빠져나간 것은 학생들에게 다소 숨통을 틔워주었다. 그 이후 학내 집회를 여는 것이 다소 수월해졌다.

학생들은 처음에는 학내에서 비폭력 집회를 열었다. 그러나 집회만 열면 교문 밖에 대기해있던 전경들이 학내에 진입해 들어와 해산시켜 버렸다. 당연히 학생들의 저항이 있었고, 그 과정에서 많

은 학생들이 다치고 연행되었다.

학생들은 자신을 지킬 자위수단이 필요했다. 각 대학마다 '전투조(사수대)'라는 것이 생겼다. 폭력 경찰에 맞서 돌멩이, 화염병, 쇠파이프로 무장한 일종의 학생 무장조직이었다.

경찰병력은 엄청난 물량의 화기와 진압장비로 중무장하고 있다. 경찰병력은 군대와 똑같은 조직 체계를 갖고 있으며, 전문적인 진압훈련을 받은 사람들이었다. 이 병력에 물리적으로 맞서기 위해서는 대학생 전투조직 역시 준군사화되지 않을 수 없었다.

전투조직이 양쪽에 있으니, 무력 충돌이 늘 수밖에 없었다. 정부와 주류언론은 그럴 때마다 극렬 좌파, 용공세력에 의한 폭력 시위 탓으로 몰아갔다. 관제 언론의 영향을 받은 시민들은, 학생들이 하라는 공부는 안 하고 부모가 뼈 빠지게 고생해서 대학 보내놨더니 데모나 한다고 비난하는 경우가 많았다. 그렇지 않으면 시위를 폭력으로 진압하는 정부나 그에 맞서 폭력 시위를 하는 학생들이나 똑같이 나쁘다고 비난했다.

그러나 '폭력은 무조건 나쁘다'는 단순한 윤리적 감정으로 둘의 폭력을 똑같이 재단하는 것은 올바른 것이었을까? 둘의 폭력은 근본적으로 다르다. 공권력에 의한 폭력은 독재를 위한 것이었지만, 학생들의 폭력은 민주화를 위한 것이었다.

물론 학생운동조직의 준군사화가 낳은 폐해도 없진 않았다. 대표적인 예로 준군사화로 인해 학생운동권 내부에서의 여성 운동가들의 지위가 주변화된 것이 그렇다. 이것은 분명 반성해야 할 점이다. 그럼에도 불구하고 둘의 폭력이 같다고 말할 수는 없다.

우리가 흔히 쓰는 '사이비(似而非)'라는 말이 있다. "비슷하지만 아닌 것"이라는 뜻이다. 학생운동조직과 공권력의 물리적 충돌은 겉보기에는 그저 '힘과 힘의 충돌'처럼 보이지만, 그 힘에 담긴 지향과 의미는 전혀 달랐다. 그것은 '폭력은 무조건 나쁘다'는 정치적 올바름으로 쉽게 재단될 수 있는 것이 아니다.

인간은 자신이 한 일로
칭찬받을 바가 못 된다.

왜냐하면 인간은 조건, 환경,
교육, 습관 등을 비롯하여
현재에서 미래로 형성되어가는
인성의 유전적 소산에
불과하기 때문이다.

- 링컨

성공한 자의 자세

'자수성가(自手成家)'라는 말이 있다. 주지하다시피 '누구의 도움도 받지 않고 혼자 노력해서 성공했다'는 뜻이다. '나는 자수성가했다'고 말하는 사람에게선 특유의 자부심이 느껴진다. 왜 안 그러겠는가. 자기 혼자 힘으로 성공했다는데.

나는 '자수성가'라는 말을 좋아하지 않는다. 근본적으로 혼자의 노력으로 성공하는 것은 있을 수 없는 일이라고 생각하기 때문이다. 자수성가는 타자와의 연결 없이도 성공이 가능할 것 같은 착각을 불러일으킨다. 그러나 모든 성공은 사회적 성공이다. 모든 성공은 사회적 관계, 정확히 말하면 사회적 부양 속에서 이루어진다.

그것은 성공하는 사람들의 면면을 보면 알 수 있다. 우선 대부분의 성공은 남자가 이룬다. 이유가 무엇일까? 남자들은 여성의 절대적 지원을 받기 때문이다. 결혼하기 전에는 엄마의 절대적 지원을 받고, 결혼하고 나서는 아내의 지원을 받는다.

설사 가난한 집 태생의 남자라 하더라도 아들이라는 이유로 집안의 물질적, 정서적 지원을 독점하는 경우가 많다. 물론 가난하면 부모에게서 물려받은 재산이 없을 수도 있다. 그러나 그런 경우라도 결혼하면 아내의 절대적 지원을 받는다.

반면 여성은 어떤가. 여성도 사회생활을 할 수 있다. 그러나 특별한 집안의 지원 없이 하는 경우가 대부분이다. 특히 기혼여성이 사회생활을 하면, 오히려 남편과 가족에 대한 지원을 해가면서 자신의 일은 그것대로 따로 해나가야 한다. 기혼남성이 가족들의 배려 속에서 자기 일에만 올인하는 것과는 차원이 다르다. '성공하기 위해서는 여성에게도 아내가 필요하다'는 말이 나오는 건 그 때문이다.

사회적 성공은 출신 지역의 영향도 받는다. 우리나라에서 성공한 사람들 중에는 TK(대구경북) 출신이 유독 많다. 박정희 정권 이후 정치권력들이 지역 차별을 조장해온 결과다. 지역 차별의 축적은 TK 중심의 사회구조를 만들고, 그 사회구조는 TK 출신의 성공 신화를 재생산해왔다. 결국 TK 출신들의 성공도 사회적 부양을 받아 이루어진 것이라 할 수 있다.

우리는 노동자와 대기업 CEO의 임금 격차가 많게는 수백 배에 이른다는 사실을 알고 있다. 부동산이나 주식 같은 불로소득까지 포함한 소득 격차는 더 크다. 물론 사람마다 능력 차이는 있을 수 있다. 그러나 아무리 능력 차이가 있다 하더라도 임금격차에 비례해

한 사람의 능력이 다른 사람의 능력보다 수백 배 뛰어날 수는 없다.

따지고 보면, 대기업 CEO의 높은 임금은 수많은 노동자들에게서 나온 것이다. 수많은 노동자들이 없다면 CEO의 높은 임금도 없을 것이기 때문이다. CEO의 주식 소득도 그 회사에 투자한 많은 주식 투자자들이 있기 때문에 가능한 것이다. 대기업 CEO의 천문학적인 소득은 '주식회사'라는 제도를 통한 수많은 사람들의 도움 때문이지, 독자적인 노력의 결과가 아니다.

전체적으로 보면, 사회적 성공에서 가장 큰 비중을 차지하는 것은 '집안'이다. 어떤 집안에서 태어났느냐가 결정적이다. 출세는 주로 집안을 배경 삼아 이루어진다. 집안을 통해 재물 상속도 이루어지고, 학벌, 외모, 기질, 재능, 정서, 성품, 습관 등도 결정된다. 그리고 그 모든 것이 사회적 성공의 변수로 작용한다.

나는 인종학적 관점에서 핏줄이 모든 것을 결정한다고 주장하는 것이 아니다. 내가 주목하는 것은 오히려 문화다. 재물 상속이나 외모를 제외한 나머지는 모두 핏줄보다는 집안의 문화가 좌우한다고 본다.

예를 들어 한국 록 음악의 대부 신중현의 아들 삼형제가 모두 음악을 하는 것은 피 때문이 아니라, 문화 때문이라고 본다. 신중현은 당대 최고의 싱어송라이터였다. 집안에 악기도 많고, 그의 곡을 받으려는 가수들도 자주 들락거렸다. 집안에는 늘 음악이 있었다. 신중현은 아들들에게 음악을 가르친 적이 없다. 그러나 어릴 때부터 음악적 환경에 노출된 아들들은 자연스럽게 음악을 듣고, 악기를 갖고 놀며 스스로 음악인이 되어갔다. 피 때문이 아니라, 문화때문이다.

이런 점들을 생각하면, 설사 내가 성공했다 하더라도 자랑으로 여길 게 없다. 성공의 변수가 되는 배경들, 즉 물려받은 재물은 물론이고 외모, 기질, 관습 등은 모두 내가 선택한 것이 아니기 때문이다. 그것은 나의 의지와 상관없이 주어진 것이다.

사람들은 사회적 성공을 위해 노력하고, 그 노력이 성공에 일정부분 기여한다. 그러나 냉정하게 보면, 그 부분은 크지 않다. 대개는 자신에게 주어진 장점에 약간의 성과를 덧붙인 것에 불과하다.

성공한 사람은 겸손해야 한다. 예의나 예절로서 겸손해야 한다기보다 있는 그대로의 사태를 직시하면 겸손해지지 않을 수 없다. 감사해야 할 것은 나에게 우연히 주어진 행운이지, 나의 노력이 아니다.

지식을 확장하고 그 힘을 키우며,
문학 세계를 살찌우고 생각을
고양하는 일은 생활을 보장해주지
않는다. 이 일들은 노예의 일이
아니며……일 자체를 위한 일이다.

- 헨리 조지

노동이 예술처럼 변한다면

대학을 졸업하고 직장을 다니다 말다, 다니다 말다 했다. 몇 달 다니다 그만두고, 한 달 다니다 그만두고, 취업된 날 "열심히 하겠습니다." 말해놓고 그 다음날 안 나갔다.

먹고 살기 위해서라도 나가야 했지만, 그러지 않았다. 하는 일이 너무 빤하고 재미가 없어 보였다. 나를 발전시켜나가는 것이 아니라 나를 퇴행시켜간다는 느낌이 강했다. 무엇보다 오로지 먹고 살기 위해 하기 싫은 일을 해야 한다는 것은 나를 더욱 비참하게 만드는 것으로 생각되었다.

회사 선배들의 모습도 끔찍했다. 물론 개인적으로 좋은 인성을 가진 사람들도 있었다. 그러나 회사원 특유의 관료적이고, 수동적인 면을 갖고 있지 않은 사람은 없었다. 다들 오랜 회사 생활로 체질이, 틀에 박힌 인간형으로 변해버린 듯 했다. 수동적이고, 관료적이고, 기계적이랄까? '회사를 꾸준히 다니면, 특별한 일이 없는한 나도 저렇게 되겠구나' 생각했다.

자신이 하고 싶은 일을 자신이 하고 싶은 때에, 자신이 하고 싶은 방식대로 하지 못한다면 그것은 노예의 일이다. 오로지 생계 때문에 일을 해야 한다면 그것은 노예의 일이다. 거기에는 선택의 자유가 없다.

노동은 화폐를 매개로 노예화되어 버렸다. 그에 따라 화폐로 충분히 보상받는 일이 좋은 일이 되고, 그렇지 못한 일은 안 좋은 일이 된다. 노동의 대가가 화폐로 이루어진다는 것 자체가 덫이다. 그 시스템은 일 자체가 주는 만족에서 경제적 대가로 노동자들의 관심을 옮긴다.

노동도 사회적 의미와 가치가 있어야 한다. 그러나 화폐 중심의 노동에서 이런 것은 중요하지 않은 것이 되어 버린다. 사회적 가치와 의미가 충분히 있더라도 충분한 임금과 이윤을 보장하지 못하는 일은 안 좋은 일로 취급된다. 반면 사회적으로 보면 나쁜 일이라도, 충분한 임금이나 이윤으로 보상되면 좋은 일이 된다.

노동은 인간을 성장시키는 것이어야 한다. 인간에게 노동은 세계와 관계를 맺는 주된 방법이다. 인간은 노동을 통해 세계를 알아나가고, 그를 통해 자신을 성장시켜나간다. 그러나 현실은 다르다. 노동이 사람을 성장시키는 것이 아니라, 퇴행시키는 경우도 많다.

요즘에는 어렵게 일자리를 구하고도 금방 일을 그만두는 젊은

이들이 많다. 이에 대해 기성세대들은 '아직 배가 불러 그렇다'는 식으로 타박한다. 그러나 청년들이 일을 자주 그만 두는 데는 그만한 이유가 있다. 크게 두 가지 때문이다. 일 자체가 주는 실존적 만족이 없고, 거기에 보태어 임금도 너무 박하기 때문이다.

최근 정부는 '저녁이 있는 삶'을 구현하기 위해 노동시간을 단축시키고 있다. 물론 이것은 꼭 필요한 일이다. 그러나 보다 근본적으로는 노동의 성격이 변해야 한다. 단지 돈을 벌기 위해서가 아니라, 일 자체가 즐거워야 한다. 일이 자신도 성장시키고, 사회적 보람도 있는 것이어야 한다. 그래서 실존적 만족을 주는 것이어야 한다.

노동의 이상적 형태는 문학예술에서 발견할 수 있다. 문학예술 종사자들 대부분은 일을 억지로 하는 것이 아니라, 좋아서 한다. 놀이와 노동이 명확히 구분되지 않는다.

예술가들의 작업은 노동에 대한 기획과 실행이 분리되지 않는다. 기획하는 사람이 따로 있고, 그것을 실행하는 사람이 따로 있지 않다. 노동하는 사람이 무슨 일을 할지, 어떤 순서대로, 어떤 방식으로 할지를 스스로 결정하고 실행한다. 그 결과물 역시 순전히 작업자의 것이다.

예술적 작업은 분업화된 노동과는 그 성격이 판이하다. 그것은 돈을 위한 일이 아니라, 일 자체를 위한 일이다. 일 자체가 보람과 만족을 준다. 그래서 오래 일해도 피곤하지가 않다. 노동의 성격이 문학예술처럼 변한다면, 노동시간의 문제는 오히려 부차적인 것이 될 것이다.

나는 동물들로 방향을 돌려
그들과 더불어 살아볼까 한다.
그것들은 정말로 평온하고
자족적이다.

- 월트 휘트먼

동물이 말을 할 수 있다면

어릴 적 에드거 앨런 포의 「검은 고양이」를 본 적이 있다. 오래 전에 읽은 거라 내용은 잘 기억나지 않는다. 그러나 소설 속에 나타난 검은 고양이의 음울하고 공포스런 이미지만은 또렷하다.

이 소설이 동물에 대한 나의 태도에 미친 영향은 컸다. 동물은 인간과는 완전히 다른 종류의, 이해하기 힘들고, 이해할 필요도 없는 존재라는 인상을 남겼다.

집에서 기른 적이 있기는 했다. 언젠가부터 떠돌이 개 하나가 우리 집 세탁소 근처를 배회했다. 어머니가 불쌍하다며 몇 번 먹을 것과 물을 챙겨주었는데, 그때부터 녀석은 세탁소 뒷켠에 터를 잡고 떠나질 않았다. 그렇게 녀석은 자연스럽게 우리 집 식구가 되었다. 어머니가 지어준 이름은 '해피'였다.

나는 해피에게 별 관심이 없었다. 그러다가 심심할 때만 다가가서 거칠게 장난을 치곤 했다. 그래서인지 녀석은 나를 싫어했다. 유독 내가 다가가면 힐끔거리며 피하기 바빴다. 소심하고 여린 녀석이었다. 녀석과 한 집에서 살면서도 교감다운 교감을 나눈 적이 없다.

30대 말까지 나는 동물에게 별 관심이 없었다. 그러다 동물을 좋아하는 사람과 연애를 하게 되었다. 그녀는 강아지나 고양이는 물론이고, 거미나 자벌레 같은 곤충까지도 귀여워했다. 그것들을 관찰하고, 그에 대해 말하는 것을 좋아했다.

그녀는 길을 가다가 벌레 같은 것을 발견하거나, 인터넷으로 동물 사진을 보면 나를 불러대곤 했다. '이것 좀 보라'고, '너무 귀엽지 않냐'고.

정서도 전염되는가 보다. 사랑하는 사람이 좋아하니, 나도 좋아하게 되었다. 큰 동물들은 큰대로 귀엽고, 작은 동물들은 작은 대로 또 귀여워 보인다. 관심을 갖고 보니, 그들의 행동 하나하나에도 나름의 이유가 있음을 알게 되었다.

누가 그랬던가. 동물에 대해 알면 알수록 그들을 깊이 존경하게 된다고. 정말 그랬다. 관심을 갖고 볼수록 모든 동물은 사랑스러웠다.

동물이 탐욕(물욕, 권력욕)을 부리는 경우는 없다. '생존'을 위해 남을 기만하는 경우는 있어도 인간처럼 '탐욕'을 위해 남을 사기 치는 경우는 없다. 자신의 이익을 위해 남에게 절대복종을 요구하거나, 약자를 괴롭히거나 학대하는 경우도 없다. 자연(환경)을 파괴하거나 다른 종을 대량 학살하는 일도 없다.

인간이 갖는 무한한 탐욕에 비하면 동물의 욕망은 소박하기 그지없다. 인간은 평생 먹고 살만한 부가 있어도 더 많은 부를 축적하려 하지만, 동물에게는 그런 것이 없다. 배부른 사자는 바로 옆에 살진 영양이 지나가도 해치지 않는다.

지구상의 모든 동물들이 이렇게 살아간다. 오직 인간만 예외다. 물론 인간의 탐욕이라는 것도 본성적인 것이라기보다는 문화 제도적으로 부추겨지는 측면이 있다. 일정한 조건이 갖춰지면 언제라도 탐욕의 화신이 될 수 있다는 것까지가 인간의 특성이다. 그런 점에서 인간은 '만물의 영장'이 아니라 '만물의 별종'이다.

우리는 동물을 동원한 욕설—개만도 못한 놈, 돼지 같은 놈 등—을 쓴다. 이는 명백한 동물 비하다. 온갖 야만적 속성이라는 속성은 인간 자신이 다 갖고 있으면서 그것을 다른 동물의 속성으로 뒤집어씌우는 적반하장.

나는 이런 생각을 한 적이 있다. 동물들이 말을 못해서 그렇지. 만약 말을 할 수 있다면, '인간보다 못한 놈'이 가장 큰 욕설이 되지 않을까 하고.

동물들은 자기 본능을 충실하게 따르며 살 뿐이다. 동물들에게 인간의 도덕적 기준을 적용시키는 것은 그 자체로 난센스다. 그러면 왜 이렇게 동물을 야만적 존재로 비하하는 것일까?

다른 나라를 침략하려면 그럴듯한 명분이 있어야 한다. 침략대상국에 인권을 침해당하는 약소민족이 있으니 그들을 구해야 한다거나, 침략대상국 민중이 독재 권력에게 시달리고 있다거나, 그 나라 자체가 국제사회에 해를 끼치는 악의 세력이니 응징해야 한다거나 하는 명분 말이다.

자연을 야만적인 것으로 깎아내리는 것도 이와 비슷하다. 역사를 거슬러 올라가면, 신은 자연의 다른 이름이었다. (야생 동물을 부족 신으로 모시는 경우도 많았다.) 근대의 인간은 자연을 야만적인 것으로 규정함으로써 자연을 학대하고 정복하는 것에 따른 죄책감에서 벗어났다.

노동은 자유시간의 반대말이다.
그러나 여가의 반대말은 아니다.

여가란 다른 세계에 속한
자유 시간이다.

누구든 자유시간이 있다. 그러나
누구나 여가가 있는 것은 아니다.

- 세바스티안 데 그라지아

여가가 있는 삶

일반적으로 사람들은 '시간이 없다'고 말하는 것에 자부심을 갖는다. 왜 자부심을 가질까? '시간 없음'은 지위 경쟁에서 우위에 있다는 증거가 되기 때문이다. 시간이 없다는 것은 일이 많다는 것이고, 그것은 사회가 원하는 사람, 사회적으로 중요한 사람이라는 증거가 된다.

그런 사람을 만날 때는 감지덕지한 마음을 가져야 한다. 없는 시간을 쪼개서 나를 만나 주었으니, 얼마나 고마운 일인가. 만나는 것도 어렵지만, 만나더라도 그의 '귀중한' 시간을 많이 빼앗아서는 안 된다. 그것은 실례가 되는 일이다. 우리 시대의 묵계다.

사회적 지위가 높은 사람들은 늘 '시간이 없다'고 말한다. 우리는 그런 말을 늘 듣고 사는 까닭에, 부와 권력을 가진 사람일수록 시간이 없다고 생각한다. 그러나 실제로 그럴까? 실은 반대다. 부와 권력이 있는 사람일수록 시간이 많고, 그것이 없는 사람일수록 시간 기근에 시달린다. 부와 권력이 없는 사람들은 열심히 몸을 움직여 일하지 않으면 입에 풀칠도 하기 힘들기 때문이다.

상류층 사람들은 운동할 때를 제외하고는 뛰어다니지 않는다. 웬만한 일들은 늘 아랫사람들의 시중을 받기에 뛰어다닐 일이 거의 없다. 그래서 경제학자 베블런은 이들을 '유한(有閑)계급', 즉 한가한 계급이라 불렀다.

유한계급에게는 여가, 즉 여유시간이 있다. 그들은 그 시간에 골프를 치고, 여행을 가고, 공연을 본다. 고급 레스토랑에 가고, 사교 모임에 가며, 배우고 싶은 것을 마음껏 배운다.

노동자들에게도 자유시간이 있긴 하다. 노동자들은 그 시간에 무엇을 하는가? 주로 TV를 보거나, 스마트폰이나 컴퓨터로 인터넷을 하거나 게임을 한다. 사람들은 누가 시키지 않아도 스스로 TV를 보고, 인터넷과 게임을 하므로 자신도 나름대로 여가를 누리고 있다고 생각한다. 그러나 착각이다.

여가를 누리기 위해서는 시간적, 심리적, 경제적 여유가 있어야 한다. 그래야 노동과 구별되는 어떤 활동을 하겠다는 여가 계획을 용의주도하게 세울 수 있다. 그러나 노동자들에게는 시간적, 심리적, 경제적 여유가 거의 없다.

물론 얼마 안 되는 자유시간이지만, 시간을 쪼개 책을 읽거나 공연을 본다면 여가가 될 것이다. 그러나 대부분의 노동자들은 그렇게 하지 않는다. 가장 큰 이유는 주어진 자유시간이 너무 적기 때문이다.

그 자투리 시간에 가장 하기 좋은 것은 TV 시청, 인터넷이나 게임이다. 그것은 아무런 준비 없이, 혼자서도 즉각 할 수 있다. 요즘은 '유비쿼터스(Ubiquitous)' 시대다. 말 그대로 스마트폰만 있으면 '언제 어디서나' 할 수 있다. 하려고 맘만 먹으면 장애물이 거의 없다.

우리나라 노동자들의 노동 시간과 강도는 세계에서도 가장 높은 편이다. 일을 마치고 돌아오면 파김치가 된다. 몸에 쌓인 피로를 생각하면 빨리 자는 것이 옳을 것이다.

그러나 고작 먹고 살기 위해 이렇게 하루 종일 일해야 한다는 것, '내 생활 없이 오늘도 이렇게 지나가고 마는구나.'하고 생각하면 억울한 느낌이 든다. 그래서 재미가 있는 프로그램도 아닌데, 감겨오는 눈꺼풀을 억지로 치켜뜨며 TV를 본다. 그러다 자신도 모르게 스르르 잠이 든다.

가난한 사람들이 TV 보는 시간이 많은 것은 이유가 있다. 재밌어서가 아니라, 그것밖에 할 것이 없기 때문이다. 허락된 자유시간은 얼마 안 되는데 친구를 불러 놀 수도 없고, 피곤한 몸을 이끌고 나가 어떤 문화 활동을 하기도 힘들다. 만만한 건 역시, TV를 보고, 게임을 하는 것이다.

이것을 여가라 할 수 있을까? 엄밀한 의미에서 보면, 이것은 여가도 아니고, 쉬는 것도 아니다.

물론 노동자들도 가끔은 공연을 보고, 여행을 간다. 그러나 비슷한 행위를 한다고 해서 다 같은 것은 아니다. 예를 들어 여행을 생각해보자.

노동자들은 일반적으로 휴가 기간에나 여행을 갈 수 있다. 노동자들은 일반적으로 여행을 어디로 갈지, 가서 무엇을 볼지, 어디서 먹고 잘지를 알아볼 시간이 충분치 않다. 그러는 동안에 휴가 날짜는 다가온다. 그러다 대책이 안 서면, 그냥 모든 것을 여행사에게 맡기는 패키지로 간다.

이번에는 유한계급의 여행을 생각해보자. 그는 평소 여가 생활을 통해 책과 다큐멘터리 같은 것을 많이 본다. 그를 통해 세계의 지리와 문화, 역사를 잘 안다. 또한 다양한 여가생활을 통해 '음악이면 음악' '음식이면 음식' 하는 식으로 확고한 자기 관심사를 가질 수 있다. 그런 사람은 같은 곳을 여행하더라도 자기 관심사에 맞게 용의주도하게 여행 계획을 짜고, 그를 통해 많은 걸 얻을 것이다.

노동자의 여행은 어느 광고 카피처럼 '열심히 일한 당신 떠나라!'는 식의 여행이 되기 쉽다. 그간 일 때문에 쌓인 스트레스 해소와 이제까지 '죽어라 일한 것'에 대한 자기 보상으로 여행을 가는 것이다. 그래서 같은 여행을 해도 다른 세계를 탐구하는 것보다는 위락(慰樂)에 치중하기 쉽다. 그래야 다시 돌아가 '죽어라' 일할 수 있기 때문이다.

유한계급의 여행은 말 그대로 여가 생활이라면, 노동자의 여행은 '다시 돌아가 일하기 위한 것'이 되기 쉽다. '다시 돌아가 일하기 위한 것'이라는 점에서 보면, 노동자의 여행의 절반은 노동의 범주에 포함된 행위라고 할 수 있다. 달리 말하면 노동과 다른 세계에 속한 여가라고 할 수 없다는 말이다.

결론적으로 말하면, 노동시간이 대폭 줄어야 한다. 노동시간만 줄어서는 안 된다. 그렇게 노동시간을 줄이고도 충분히 먹고 살 수 있어야 한다. 분배 정의가 이루어져야 한다는 말이다. 시간적, 경제적 여유가 있어야 노동자들에게도 진정한 의미의 여가가 생긴다.

스스로를 해치는 사람과는
함께 말할 수 없고,
스스로를 버리는 사람과는
함께 일할 수 없다.

- 맹자

아버지의 슬픈 초상

몇 년 전의 일이다. 슈퍼마켓에서 나는 필요한 먹거리를 골라, 계산하려고 계산대 앞에 줄을 섰다. 내 앞에는 한 남자가 서 있었다. 그 남자는 소주 한 팩을 손에 들고 있었다. 놀라운 일은 그 다음에 벌어졌다. 남자가 계산을 마치자마자 떨리는 손으로 소주 팩을 황급히 뜯어 그 자리에서 꿀꺽꿀꺽 다 마셔버린 것이다.

다소 초라하기는 하지만, 노숙자로 보이지는 않는 행색이었다. 그러나 손을 떠는 것이며, 환한 대낮부터 저렇게 술을 마셔대는 것을 보면 알콜 중독자가 확실한 듯 했다.

그를 보니, 돌아가신 아버지가 생각났다. 나의 아버지도 알콜 중독이었다. 젊었을 때부터 워낙에 친구들과 술 마시며 노는 것을 좋아하시기는 했다. 그래도 그 때는 술을 즐기는 정도였지, 알콜 중독은 아니었다.

아버지가 알콜 중독에 빠지기 시작한 결정적 계기는 IMF였다. 아버지는 IMF 전에 무리하게 대출을 받아 세채의 집을 사놓았더랬다. 그 세채가 IMF 때 차례로 남의 손으로 넘어갔다. 안 그래도 불안했던 가계가 순식간에 무너졌다.

아버지는 본래 돈을 모으는 타입이 아니었다. 내일 수중에 십만 원이 들어올 것 같으면 오늘 그 십만원을 당겨 써버리는 타입이었다. 그러니 집 살 돈이 있을 리 없었다.

IMF 전만 해도 대출을 끼고 집을 사서, 집값 상승에 힘입어 부유해진 사람들이 적지 않았다. 아버지는 주변 사람들이 그렇게 부자가 되는 것을 보고, 대출을 받아 집을 사고, 그 집을 담보로 두 번째 집을 사고, 두 번째 집을 담보로 세 번째 집을 샀다.

그렇게 해서 정작 당신은 남의 집에 살면서 졸지에 집 세채를 가진 집주인이 되었다. 아버지로서는 일생일대의 큰 도박을 벌인 셈이었다. 부채가 많아지니, 세탁소를 해서 버는 돈은 벌어들이는 족족 은행 이자로 나갔다. 번 돈을 은행 이자로 갖다 바치느라 자식들 학비 낼 때가 되면, 고리(高利)의 일수를 쓰곤 했다. 악순환이었다.

그런 상황에서 IMF가 터졌다. 은행 이자는 더욱 급등했고, 집값은 폭락했다. 은행 이자를 견디지 못해 집 한 채는 손해를 보고 헐값에 팔았고, 나머지 두 집은 은행에 경매로 넘어갔다. 집만 날아간 것이 아니다. 적지 않은 규모의 은행 빚이 덤으로 남았다. 사실상 파산 상태였다.

내게는 여동생이 둘 있었다. 아버지는 전문대를 졸업한 여동생들이 직장생활을 해서 가계에 보탬이 되길 바랐지만, 여동생들은 그러지 않았다. 둘째가 졸업하고 얼마 안 있어 남자를 구해 임신한 상태에서 시집을 가더니, 셋째도 똑같은 방식으로 곧 시집을 갔다. 아마도 기울어져 가는 집에서 탈출할 방법이 그것밖에는 없다고 생각한 모양이었다.

아버지는 일을 벌이기만 했지, 그것을 추스르는 스타일이 아니었다. 본래 강한 사람이 아니었던 아버지는 '이제 내 인생은 여기서 끝났다'고 생각한 것 같았다. 그때부터 술에 의존하기 시작했다.

그 전에도 어머니와의 사이가 좋지는 않았지만, 술에 의존하기 시작한 후 어머니에 대한 폭언과 학대가 더욱 심해졌다. 견디다 못한 어머니 역시 아버지로부터 도망쳐 나왔다. 별거의 시작이었다.

혼자 남은 아버지는 내가 사준 세탁기계로 다시 세탁소를 시작했지만, 마음을 다잡지 못하는 것 같았다. 술에 취해 있는 날이 많았고, 가게 손님들도 점차 줄었다.

집을 나온 어머니 부양은 내 몫이 되었다. 그런 상황에서 아버지까지 부양할 수는 없었다. 아버지와 나는 상극에 가까웠다. 같이 살면 사사건건 부딪칠 게 뻔했다.

어머니 때문에라도 술주정뱅이 아버지와 함께 살 수 없었다. 내 문제도 있었다. 아버지와 같이 살면서 일상생활을 영위해나가고 글을 쓴다는 것은 상상할 수 없었다. 아버지를 모시고 살면, 나까지 무너질 것 같았다. 내가 무너지면, 어머니도 무너질 터였다.

나는 글쟁이로 살다, 글쟁이로 죽을 생각이었다. 그렇다고 아버지를 모른 체 하기도 힘들었다. 마음만 괴로운 상황이 계속되었다.

그런 상황에서 나는 맹자의 위 글귀를 보고 말았다. 간혹 한 줄의 글귀가 가슴에 비수같이 꽂히는 경우가 있다. 그 때가 그랬다. 이 글귀를 보고 나는 아버지를 포기하고 말았다.

이 글귀를 보지 않았더라면 좀 나았을까? 그렇지는 않았을 것 같다. 이 글귀를 보든, 안 보든 상황이 달라지는 것은 아니었을 테니까.

지금도 아버지 생각을 하면, 마음이 아프다. 아버지의 불행은 개인적인 것 같지만, 개인적인 것만은 아니었다. 아버지는 IMF라는 세계적 경제 위기의 피해자이자, 불로소득 중심 경제의 피해자였다. 실제로 우리나라의 부자들은 대부분 부동산과 주식을 이용해 돈을 번 불로소득 부자들 아닌가.

물론 나의 아버지에 대해 부동산으로 돈 벌어보려고 욕심내다 그렇게 망한 것 아니냐고 말할 지도 모르겠다. 그러나 배우지 못한 아버지까지도 부동산 투기에 뛰어들게 한 경제 시스템, 그런 시스템을 조장하고 방치한 권력자들의 책임이 없다고 말할 수는 없다.

혹은 우리나라가 복지국가여서 한번 실패한 사람도 어렵지 않게 재기할 수 있는 사회라면, 그래서 미래에 대한 희망을 가질 수 있는 사회라면 아버지가 그렇게 쉽게 알콜 중독에 빠지지는 않았을 것이다.

나의 아버지는 어리석은 사람이 맞다. 그러나 어리석은 사람도 사회의 제도·문화가 올바르면 어느 정도 화를 면할 수는 있었을 것이다.

여기 아름다운 정원이 있다.

정원을 소유한 주인은

관리사에게 정원을 맡긴다.

정원 관리사는 매일 정원을 돌보고

가꾸며 진정 정원을 즐기고 있다.

그렇다면 누가 진정한 주인일까?

바로 정원 관리사이다.

- 훔볼트

내 것인데 내 것 아닌

모든 사람은 자기 삶의 주인으로 살고 싶어 할 것이다. 세상에 태어나 노예로 살고 싶은 사람은 없을 것이기 때문이다. 그러나 현실은 다르다. 내가 주인으로 살고 있는 것이 아니라, 어떤 힘에 의해 질질 끌려 다닌다는 느낌을 받을 때가 많다. 왜 그럴까?

가장 중요한 이유 중 하나는 지금의 사회가 위탁 사회이기 때문이다. 오늘날의 사회는 고도로 분업화된 사회이고, 사람들은 그 중 하나를 직업으로 삼아 그 일만 한다. 자신은 돈만 벌고, 나머지 일들은 다 남에게 맡긴다.

예를 들어 정치는 정치인에게 맡기고, 건강은 헬스 트레이너와 의사에게 맡긴다. 마음과 정신은 종교나 심리학자에게 맡기고, 오락은 TV와 엔터테인먼트 회사에 맡긴다. 기억은 컴퓨터와 스마트폰에 맡기고, 남녀 간의 만남과 혼사는 결혼정보업체와 웨딩 플래너에게 맡긴다. 양육은 보모와 유치원 교사에게 맡기고, 자녀 교육은 학교와 학원에 맡긴다.

노파심에 한 마디 보태면, '유치원과 학원에 맡기지 않으면 여자는 하루 종일 애만 보고 있으란 말이냐?'하고 반문하는 사람이 있을지 모르겠다. 그런 말이 아니다. 부모가 양육과 교육의 자율성과 독립성을 갖기 위해서는 심리적, 경제적, 시간적 여유가 필요한데 지금의 사회는 그것을 모두 몰수해버린다.

지금의 사회는 생활의 위탁이 구조화되어 있다. 위탁은 공짜가 아니다. 위탁이 많을수록 더 많은 돈이 필요하고, 그럴수록 돈 버는 일에 매진함으로써 더 많은 위탁이 이루어진다. 그럴수록 삶의 주도권을 잃고, 더더욱 자본의 노예가 된다.

위탁은 단지 편리함의 문제만이 아니다. 위탁이 많아질수록 우리의 존재감과 삶의 충만감이 사라진다. 삶의 에너지가 쪼그라들고, 우리는 더욱 무능해진다.

사람들은 돈만 번다. 그리고 그 돈으로 이런 저런 일들을 위탁한다. 그렇다면 최소한 돈에 대해서만은 주체적이어야 할 것이다. 그러나 과연 그런가?

우리는 번 돈의 대부분을 집에 갖고 있지 않다. 급하게 쓸 돈 일부만 남겨놓고, 대부분은 은행에 넣어놓는다. 사람들은 은행에 넣어놓은 돈은 내 것이며, 언제든 내가 원할 때 찾을 수 있다고 생각한다. 그래서 믿고 넣어놓는다.

그러나 착각이다. 은행은 내가 맡겨놓은 돈을 그대로 보관하고 있는 화폐 창고가 아니다. 은행도 이윤을 추구하는 하나의 회사다.

은행은 내가 맡겨놓은 돈의 극히 일부(예금을 돌려달라는 고객의 지불 요청에 대비한 돈. '지급준비금'이라 한다.)만 남겨놓고, 대부분의 돈을 기업이나 개인에게 빌려주거나 여기저기에 투자해버린다. 그래야 이윤이 나기 때문이다.

내가 맡겨놓은 돈의 대부분은 은행에 없다. 그래서 은행이 가장 두려워하는 것이 뱅크런(Bank Run, 많은 고객들이 일시에 자기 돈을 모두 찾아가겠다고 덤비는 사태)이다.

은행도 기업이다. 은행도 사업에 실패하면 도산할 수 있다. 그러면 예금자도 치명타를 입는다. 자신은 은행을 믿고 돈을 맡긴 죄밖에 없는데, 평생 모은 돈을 날린다. 그런 날벼락이 없다. 예금을 하면 통장에 내가 가진 돈의 액수가 찍힌다. 그러나 은행이 도산하면 그 역시 휴지조각이 되어버릴 수 있다.

우리는 평생 살아도 우리가 가진 현금 자산 전체를 손으로 만져보는 경우가 거의 없다. 그 돈을 늘 다루고 관리하는 것은 은행이다. 그렇다면 그 돈의 주인은 우리일까, 은행일까? 은행이라고 말할 수도 있다.

지금은 신분제로서의 노예는 사라졌다. 그러나 돈을 매개로 한 노예들은 도처에 널려 있다. 우리가 돈 벌기에 몰두하는 것, 돈의 노예가 되어 사는 것은 경제적 문제가 아니라 정치적 문제다.

내 것인데 내 것 아닌

나는 잠자고 싶어 하는 육체이며,
그와 동시에 각성하려는 의식이다.

- 무라카미 하루키

잠들기와 깨어있기

영화 〈연애의 목적〉에는 여자 주인공 홍(강혜정 분)이 불면증 환자로 나온다. 그녀는 유림(박해일 분)과의 대화에서 이런 얘기를 한다. "그냥……대부분 안 자고 살아요."

이 대사를 들으며 '내 얘기다' 싶었다. 당시 나도 불면증이 심해서 '거의 안 자고 살았기' 때문이다.

그러나 대사뿐이었다. 여배우의 얼굴은 일반적인 불면증 환자와 달리 피곤해보이지도 않고, 생기가 넘쳐 영 실감이 나지 않았다.

당연한 말이지만, 하루 이틀도 아니고 여러 날 잠을 자지 못하면 사람이 피곤에 절게 된다. 누적된 피곤은 여러 가지 증상을 불러일으킨다. 눈이 충혈 되고 자주 깜빡이게 된다. 눈 밑에 다크 서클이 생기고, 피부는 바람에 말린 빵처럼 푸석푸석해진다. 잠을 못 자니 정신이 맑을 리 없다. 정신이 멍해져 자는 것도 아니고, 깨어 있는 것도 아닌 상태가 된다. 얼굴은 좀비처럼 표정이 없고, 얼빠진 모양새가 된다.

불면증은 심리적으로도 악영향을 미친다. 잠을 못자니, 작은 일에도 신경이 예민해져 자주 화가 난다. 그러면서도 무기력하고 만사가 귀찮아진다. 몸과 마음의 상태가 이러니, 일상생활이 유지가 안 된다.

병원에 가니 '잠 좀 못 잔다고 죽는 사람은 없다'고 의사가 말했다. 환자를 안심시키느라 하는 말이었을 테지만, 잠을 못 자는 사람으로서는 이렇게 사느니 차라리 죽는 것이 낫겠다는 생각이 든다.

불면증 환자는 당연히 잠을 자려고 고군분투하게 된다. 잠이 잘 온다는 베개로 바꿔보고, 향초도 피워보고, 더 피곤하면 잠이 오겠지 하는 심정으로 격렬하게 운동을 해보기도 한다. 병원도 가보고, 수면제도 먹어본다. 한약도 먹어보고, 침도 맞아본다. 혹은 외로워서 그런가 싶어, 섣부른 연애도 시도해본다.

그러나 이 중 어떤 것도 잠을 잘 자게 해준다는 보장은 없다. 근본적인 치유는 잠을 못 잘 정도의 걱정이나 불안을 야기하는 상황이나 조건이 변해야 한다. 그러나 그것은 갑자기 되지 않는다. 시간이 걸리는 일이다.

수면제나 신경안정제도 극심한 불면증에는 무용지물이다. 기껏해야 선잠을 자게 해주는 경우가 많은데, 그렇게 잠을 자고 깨도 약 기운에 취해 정신을 차릴 수 없는 경우가 많다. 무엇보다 약에 대한 심리적 의존이 생기는 것이 위험이다. 경험자로서 말하자면, 약과 술에 동시에 의존하면, 충동적 자살의 위험이 높아진다. 조심해야 한다.

격렬한 운동이나 연애도 무용지물이다. 잠이 오겠지 하는 심정으로 운동을 했는데, 잠이 오지 않으면 더 극심한 불면의 고통에 시달리게 된다. 연애도 상대방에 대한 호감이 있어서 시작한 연애가 아니라, 잠을 자기 위해 시작한 연애다. 상대방도 바보가 아닌 이상, 그것을 알아차린다. 연애가 잘 될 리 없다. 십중팔구 파탄으로 끝난다.

불면증은 자연스럽게 잠에 대한 집착을 만든다. 집착은 불면을 가중시킨다. 불면증 환자가 잠을 자려는 상태는 이렇다. 몸은 잠을 자려고 눕는다. 그러나 정신은 '네가 자나 안 자나 보자.' 하고 내 얼굴을 들여다보는 초자아적 보초가 선다. 정신이 밤새 보초를 서고 있으니 육체가 잠이 올리 없다.

조금이라도 잠을 자려면, 잠에 대한 집착과 욕심을 내려놓는 것이 낫다. 오히려 '잠이 안 오는 걸 어쩌겠어. 할 수 없지.' 하고 자포자기할 때, 스르르 잠이 드는 경우가 많다.

우리는 흔히 '잠에서 깨어라' '각성하라'는 말을 듣는다. 은유로서는 상당히 유효한 말이다. 그러나 실제로는 자지 않으면 각성도 없다.

우리는 하루 종일 생활하면서 여러 자극과 정보를 받아들인다. 그것들은 우리 뇌에 어수선하게 얽혀 있게 된다. 잠을 자는 동안 뇌는 그 어지러운 자극과 정보를 교통정리해주는 역할을 한다.

아무리 고민해도 풀리지 않는 문제가 있을 때, 그것을 계속 붙들고 있을 때보다 일단 자고 나면 문제가 머릿속에서 어느 정도 정리가 되는 걸 경험할 때가 있다.

글을 쓸 때도 그렇다. 글이 막혀 앞으로 나아가지 못하고 있을 때, 책상 앞에서 고뇌하는 것보다는 잠시 책상 앞에서 물러나는 것이 좋다. 나의 경우는 소파에서 잠시 조는 경우가 많은데, 그러고 나서 글을 다시 보면 막혔던 글이 뚫리는 경우가 많다.

램수면 상태에서 내가 느끼는 건 이것이다. 자기 전에 숙제를 내놓고 자면, 자는 동안 두뇌가 그 숙제를 해놓는다.

끝없는 잠은 죽음이다. 그것은 두려운 일이다. 그러나 생각해보면, 영원한 각성도 공포스럽기는 마찬가지다.

인생은 잠과 각성의 반복이다. 그리고 잠과 각성은 반대자가 아니라, 동반자다.

의사는 인간을 약한 것으로,

변호사는 인간을 악한 것으로,

목사는 인간을 어리석은 것으로 본다.

- 쇼펜하우어

자리에 묶이는 시선

중학교 때였다. 당시 나는 자전거를 타고 학교에 다녔다. 어느 날 하교 길에 울퉁불퉁한 철길을 넘으면서, 내 옆으로 바짝 붙어서 지나가던 자가용과 나의 자전거 사이에 가벼운 접촉사고가 났다. 나는 옆으로 넘어졌고, 그러면서 지나가던 아주머니와 다시 부딪쳤다. 3중 접촉사고가 난 것이다. 차가 자전거에 살짝 긁혔고, 아주머니도 약간 다쳤다.

잠시 후 경찰이 현장에 도착했고, 이것저것 체크를 하더니, 추가 조사가 필요하다며 나를 경찰서로 끌고 갔다. 태어나서 경찰서에 끌려가기는 그때가 처음이었다.

긴장된 마음으로 조사를 받으려고 경찰 책상 옆에 앉아있는데, 갑자기 머리가 쿵 울렸다.

"이 ××는 뭐야! 너 뭣 때문에 여기 왔어?"

지나가던 다른 경찰이 서류철로 머리를 내려친 것이었다. 왜 있잖은가. 조폭 영화 같은데 보면 지나가는 형사가 경찰서에 잡혀온 깡패나 건달들을 일단 때리고 보는 장면, 꼭 그런 장면이었다.

아마 나를 무슨 사고를 쳐서 끌려온 불량 청소년으로 본 모양이었다. 담당 경찰이 '단순 교통사고로 온 애'라고 설명해줬지만, 서류철은 사과하지 않았다.

나중에 나는 경찰이 되었다. 직업경찰이 된 건 아니었고, 군복무의 일환으로 간 의무경찰(의경)이었다. 도보순찰대로 발령이 난 나는 시위가 있으면 시위를 막고, 시위가 없으면 밤에 각 파출소로 파견되어 방범 순찰을 돌았다.

도심의 밤거리를 순찰하면서 본 풍경, 의경이 되기 전의 그것과 영 딴판이었다. 술주정뱅이, 노숙자, 가출·불량 청소년, 건달, 폭주족, 성매매 여성, 나이트클럽 삐끼들이 왜 그렇게 눈에 많이 들어오던지. 좀 과장해서 말하면, 도심 전체가 잠재적 범죄자, 사고뭉치들로 가득 차 있는 느낌이었다.

불법을 저지르고, 걸리면 발뺌을 하거나 기만하고, 빠져나갈 수 없으면 경찰을 회유하거나 뇌물을 주려 하는 사람들. 음흉하고, 야비하고, 기만적이고, 잔머리를 굴리는 것처럼 보이는 사람들. 통제되고, 단속되고, 처벌되지 않으면 언제든 사회적 혼란을 야기할 수 있는 것처럼 보이는 사람들이었다.

"손에 망치를 든 사람 눈에는 모든 게 못으로 보인다"는 말이 있는데, 정말 그랬다. 경찰복을 입었다는 이유만으로 사람에 대한 시선이 일변할 수 있다는 것은 놀라운 경험이었다.

나는 학생운동을 하다가 의경이 되었다. 당시 운동권 학생들이 대개 그렇듯이, 나 역시 혁명적 민중관을 갖고 있었다. 민중은 사회혁명의 동력이자 주체였다.

그런데 새끼경찰(의경)이 되고 보니, 정반대의 시선으로 민중을 바라보는 나를 발견하게 된 것이다. 그 시선은 서류철이 나를 바라보던 것과 같은 것이었다. 자신이 서있는 위치에 따른 시선의 변화. 그것은 무서운 것이었다.

지금도 그런지는 모르겠지만, 당시에는 의경 출신이 직업 경찰이 되기에 용이했다. 특혜가 있었기 때문이다. 그래서 의경을 제대하고 경찰이 되는 친구들도 많았다. 나 역시 그런 코스를 밟았다면, 사람들을 대하는 시선이 서류철과 달랐을까? 장담할 수 없다.

그때 내가 깨달은 것이 있다. 자신이 서 있는 자리에 대한 관리가 얼마나 중요한가 하는 것이었다. 사람은 서 있는 자리를 용의주도하게 인식하고, 선택하고, 관리해야 한다. 자신이 서 있는 자리는 신경 쓰지 않은 채, 의지만으로 자신의 시선을 조정할 수 있다고 생각하는 것은 어리석은 일이다.

의지는 시선이 아니라 자신의 위치(직위, 직종, 직업)에 적용되어야 한다. 그것이 더 근본적인 처방이다.

공룡이 사라진 후
지상에 꽃이 피기 시작했다.

- 칼 세이건

커지는 규모와 재앙

공룡은 크다. 큰 동물의 상징이다. 공룡이 사라진 후 지상에 꽃이 피기 시작했다는 것. 나는 그것을 중요한 은유로 읽었다. 규모가 큰 것들이 사라진 후에 진정으로 아름다운 것들이 생겨나리라는 은유.

큰 것들은 많다. 글로벌 기업이나 재벌, 거대사회, 거대인구, 거대국가, 거대권력, 거대과학기술, 대량생산과 대량소비 등. 거칠게 말해, 규모가 큰 것들은 모두 재앙과 불행의 씨앗이 된다.

예전에는 '전파사'라는 게 있었다. 거기서 라디오, 텔레비전, 전화기, 전축, 고데기, 전기밥통 등 웬만한 가전제품은 다 수리가 가능했다. 전파사 주인은 정말 맥가이버 같았다. 별 다른 도구도 없는 것 같은데 척척 고쳐내고 심지어 없는 것도 만들어냈다. 전파사 주인은 단순한 수리기사가 아니라 발명가이자, 동네 과학자였다. 이런 풍경이 가능했던 것은 그것이 아날로그 기계였기 때문이다. 아날로그 기술은 인간이 통제하기 쉬운 중간기술이었다.

그러나 디지털 시대가 된 지금은 어떤가? 대부분의 디지털 기기들은 인터넷으로 연결되어 있다. 규모가 크다.

이렇게 규모가 커진 기술은 좋기만 할까? 그렇지 않다. 오늘날 지구적 규모의 기술은 지구적 재앙을 낳고 있다. 예를 들어 현대인들은 지구 전체를 연결하고 있는 인터넷을 통해 유포되는 악성코드, 컴퓨터 바이러스, 해킹, 개인정보 유출, 사이버 중독, 몰래 카메라에 취약하다. 언제 어디서 문제가 생겨 나에게 피해를 줄지 모른다.

경제 규모도 크다. 지금의 경제는 세계단일경제다. 세계가 하나의 경제권으로 묶여있다. 세계단일경제 형성의 일등 공신 역시 IT 혁명이다. IT 혁명으로 인해 지구상의 거의 모든 재화는 투기의 대상이 되어 국제금융시장에서 실시간으로 사고 팔릴 수 있게 되었다. 우리가 흔히 접하는 주식이나 펀드가 그것이다.

세계단일경제는 말 그대로 국경이 없다. 그 결과 불안정하게 흘러 다니는 경제적 파고가 언제 어디서 잘못되어 나의 생계를 덮칠지 모른다. 2008년이 그랬다. 평소에는 듣고 보도 못한 미국의 '리먼 브러더스'라는 금융회사가 파산했다는데 그 여파로 갑자기 한국에 사는 내가 실직하는 일들이 아무렇지도 않게 벌어졌다.

민주주의도 규모의 영향을 받는다. 우리는 고대 그리스 아테네

도시국가에서 직접 민주주의가 시행된 것을 알고 있다. 당시에 정치에 참여하는 시민은 수백 명 많아야 수천 명 정도였다. 모르는 사람이 없고 모르는 일이 있을 수 없는 소규모 사회에서는 십분 공공정신을 발휘할 수 있다. 민주주의는 인간적인 접촉이 가능한 범위에서 원활하게 작동한다.

규모가 큰 사회의 시민들은 좀처럼 정치적 판단을 내리기가 쉽지 않다. 직접 볼 수 없고, 들을 수 없는 일들에 대해 판단해야 하기 때문이다. 주체적이고 합리적인 결정이 될 리 없다.

대통령 선거도 그렇다. 큰 사회 규모 때문에 우리는 후보자를 직접 만날 수 없다. 그의 진면목을 알지도 못한다. 주로는 언론을 통해 유포된, 조작되기 쉬운 이미지를 근거로 투표해야 한다. 그렇게 뽑아놓고 나면, 집권하는 동안 당선자의 진면목이 드러나는 경우가 많다. 국민들은 그제야 '그가 저런 사람이었나? 내가 속았구나.'하고 후회한다.

전체를 쉽게 개괄할 수 있는 소규모 사회에서는 직관, 느낌, 사랑의 감정 등이 많은 일을 해결한다. 그러나 거대사회의 사람들은 흔히 공적인 일에 무관심하고 무감각하게 반응한다. 큰 규모 속에서 인간의 의지는 수동적이 된다.

세계화가 되기 이전만 하더라도 절대 다수의 사람들은 한정된 세계 속에서 생활했다. 생활조건과 환경이 한정적이었던 까닭에, 사람이 접하는 모든 무유형의 요소들은 개괄되기 쉬웠고, 확실한 형태가 있었다.

그러나 현대인은 무한정한 세계에 살고 있다. 내가 먹는 것이나 내가 사용하는 물건이 어디에 있는 누가 만든 것인지를 알지 못하며, 내가 얻는 정보나 지식도 어디의 누구에게서 나온 것인지 알지 못한다.

모든 것이 익명의 것이고, 무정형하다. 그와 같은 생활 조건에서 살아가는 존재로서 현대인 자신도 무명의, 무정형의, 무성격의 존재가 되고 있다.

습관은 제2의 본성이다.

그것은 제1의 본성을 파괴한다.

- 파스칼

동물과 성자 사이

중학교 1학년 때였다. 한 친구가 자신이 갖고 있던 돈이 교실에서 사라졌다고 담임에게 말한 모양이었다. 담임의 취조가 시작되었다.

"모두 눈 감아. 돈 가져간 사람은 조용히 손들어. 지금 자수하면 용서해줄게."

아무도 손을 들지 않았다. 그러자 '모두 책상 위에 올라가 무릎을 꿇고 앉으라'고 했다.

'이제 죽었구나.' 나만 그렇게 생각한 것이 아니라, 모두들 그랬을 것이다. 그도 그럴 것이 무릎을 꿇린 채로 긴 곤봉으로 허벅지를 내리치는 담임의 체벌은 기함할 정도로 아픈 것이었기 때문이다. 한 대 맞을 때마다 허벅지에 매 자국이 쫙쫙 돋을 정도로 위력적이었다.

담임은 가냘픈 몸매의 여선생이었다. 이름도 자애롭기 그지없는

'마리아'였다. 그러나 체벌을 어찌나 야무지게 하는지, 학생들 사이에서도 그녀는 공포의 대상이었다.

담임은 피해자를 제외한 반 아이들 전부를 매질하기 시작했다. 비명이 난무하는 매타작을 한 순배 끝내고도 범인이 자수하지 않자, 담임은 또 한 순배를 돌았다. 다시 비명이 난무했다. 너무 아파서 우는 애들이 많았다.

"다시 말한다. (범인) 나와. 안 나와? 좋아. 오늘 늬들이 이기나, 내가 이기나 해보자."

그녀가 소매를 걷어 올리고, 세 번째 매타작을 하려 할 때, 한 애가 손을 들었다. "선생님, 제가 했습니다."

믿지 못할 일이었다. 그 애는 도둑질할 애가 아니었기 때문이다. 평소 조용하고 착한 아이였다. 걔가 도둑질 같은 것을 할 애가 아니라는 것은 반 아이들도 알고, 담임도 아는 사실이었다.

담임이 당황했다. 그러나 그것도 잠시. 담임은 걔를 나오라고 한 후, 호되게 다시 매질했다.

담임의 기준에서 보면, 때릴 이유는 충분했다. 걔 말대로 돈을 훔쳤다면 맞는 게 당연했고, 훔치지 않았는데 거짓 자수했다면 (이유야 어쨌든) 담임을 기망한 것이니 또 맞아야 했다.

개는 대체 왜 그랬을까? 정확히는 알 수 없다. 그러나 짚이는 바가 전혀 없는 것은 아니다. 아마 1명의 도둑을 잡겠다고, 담임이 나머지 아이들을 모두 잠재적 범죄자 취급해 폭력을 휘두르는 것에 대한 반감 때문이 아니었을까 싶다. 폭력에 대한 감수성이 유독 발달한 아이였을까? 그럴지도 모르겠다. 내 생각에는 자신을 희생양 삼아 폭력과 고통이 난무하는 이 상황을 종결시켜야겠다고 생각한 것 아닌가 싶다.

그래도 그렇지, 그렇게 자신을 희생하는 것은 쉬운 일이 아니다. 세상에 매 맞기 좋아하는 사람은 없을 것이기 때문이다. 고통을 피하고자 하는 것은 누구나 갖고 있는 본능이다. 추측이 맞다면, 그 애는 자신의 감수성이나 가치관 때문에 본능을 거스른 행동을 한 것이 된다.

나는 자신의 신념이나 대의를 위해 자신을 희생시키는 것을 위인전이나 드라마 같은 데서나 봤다. 추측이 맞다면, 그런 사람을 실제로 본 것은 그 때가 처음이었다. 그래서 기억에 남는다.

인간은 동물인가? 맞다. 인간도 동물이다. 다른 동물과 마찬가지로 유기체로서 생물학적 욕구를 갖는다. 그러나 인간은 별종인 동물이다. 인간은 생물학적 욕구보다 사회문화적 욕구와 동기를 중시한다는 점에서 그렇다. 사회문화적 욕구와 동기는 생물학적 욕구로부터 일탈을 가능케 한다.

이를 테면 인간은 다른 동물과 마찬가지로 식욕이 있지만, 어떤 상황에서는 아무리 맛있는 것이 옆에 있어도, 혹은 아무리 배가 고파도 그것을 먹지 않는다. 그것을 먹는 것이 모멸감을 느끼게 하는 경우, 어떤 정치적 목적을 달성하기 위해 단식을 하는 경우, 다이어트를 위해 참는 경우 등이 그렇다.

음식을 먹는 경우에도 그렇다. 상견례 자리, 사교 모임, 어른들과의 식사 자리에서는 최대한 예의를 갖춰 먹는다. 아무리 배가 고파도 그렇다. 인간은 식욕조차도 음식문화, 음식예절에 따른다.

인간에게도 분명히 생물학적 욕구가 있다. 그러나 그것은 하위 변수다. 인간의 생물학적 욕구는 사회문화적 욕구를 따른다.

인간에게는 정해진 본능이라고 할 만한 것이 없다고 할 수 있다. 인간은 어떤 사회문화적 욕구와 동기를 갖느냐에 따라 동물 이하의 행동을 할 수도 있고, 놀라울 정도로 고매하고 숭고한 행동을 할 수도 있다. 인간의 행동은 역사적으로 어떤 사회문화가 형성되느냐에 따라 와일드하게 유동한다.

인간은 나쁜 쪽으로도, 좋은 쪽으로도 그 가능성이 무한대로 열려 있는 실로 기묘한 존재다.

어떤 이야기를 할 때 그것에 맞는

특별한 목소리를 내야만

그 말은 진실이 된다.

- 미하엘 엔데

진실의 위계

2018년 1월 6일 SBS 시사프로 〈그것이 알고 싶다〉에서는 비트코인을 다뤘다. 거기에서 국내 투자자 2,000여 명에게 총 700억 원의 피해를 입힌 비트코인 투자 사기수법이 공개되었다.

사기꾼들은 '컨트롤 파이낸스'라는 가짜 비트코인 투자회사를 만들어놓고 홈페이지에 투자를 독려하는 동영상들을 올려놓았다. 그리고 투자 설명회를 개최해 이 동영상을 보여주며 투자자들을 유치했다. 그러나 동영상에 등장하는 회사 대표나 간부, 투자로 크게 이득을 봤다고 주장하는 사람들은 모두 가짜였다. 그들은 돈을 받고 연기한 연기자들이었다. 투자를 명목으로 돈을 받아 챙긴 후 사기꾼 일당은 순식간에 사라져버렸다.

이 동영상들에 등장하는 연기자들은 모두 백인이었다. 이유는 뻔하다. 우리나라 사람들이 백인의 말을 잘 믿기 때문이다.

지식 분야에서 백인 엘리트들이 권위를 갖고 발언하는 것을 우리는 일상적으로 본다. 지식 분야만 그런가? 텔레비전이나 다큐멘터리 같은 것을 봐도 그렇다. 백인 시민들을 인터뷰하는 것을 보면, 우리나라 시민들이 하는 말과 다르게 왠지 더 객관적이고 논리적인 것처럼 들린다.

이런 문제는 우리가 일상적으로 목도하는 바이다. 예를 들어 경찰은 똑같은 교통사고를 본 목격자라도 노동자의 말보다는 사제의 말을 더 신뢰한다.

사법부도 마찬가지다. 못 배운 사람의 말보다는 배운 사람의 말을 더 신뢰한다. 쉬운 말보다는 어려운 용어를 써가며, 차분한 어조로 말하는 식자(識者)의 말을 더 믿는다. 제 아무리 진실을 말하더라도 말을 더듬거나 새된 목소리로 말하면 잘 믿지 않는다.

보통 사람들도 크게 다르진 않다. 가난한 사람보다는 부자의 말을 더 신뢰하고, 여자보다는 남자의 말을 더 신뢰한다.

리베카 솔닛이 쓴 『남자들은 자꾸 나를 가르치려 든다』에는 이런 경험담이 나온다. 솔닛은 어느 날 친구와 함께 파티에 참석했다가 돈 많고 나이 지긋한 파티 주최자와 대화를 나누게 되었다.

솔닛이 작가라는 것을 들은 주최자는 어떤 책을 썼는지 말해보라고 한다. 솔닛이 영국의 사진가 에드워드 마이브리지에 대한 책을 썼다고 하자, 곧장 말을 자르고는 "올해 마이브리지에 대해 아주 중요한 책이 나온 거 압니까?"하고는 그 책에 대해 장황하게 설명하기 시작했다.

그 말을 듣던 그녀의 친구가 "그게 바로 이 친구가 쓴 책입니다" 하고 말했다. 그러나 그는 못 알아들었는지 계속 자기 말만 할 뿐이었다.

"그게 바로 이 친구의 책"이라고 서너 번 말한 뒤에야 그는 겨우 알아듣고는 얼굴이 잿빛으로 변했다. 알고 보니 그는 책을 읽지도 않았고, 신문에 난 서평을 읽었을 뿐이었다.

이런 일화는 진실돼 보이게 말하는 방식을 습득하려고 노력하는 것조차도 근본적인 한계에 부딪친다는 것을 보여준다. 진실은 말하는 방식이 아니라 발화자의 존재 그 자체를 문제 삼기 때문이다. 진실은 백인, 남자, 부자, 인텔리, 엘리트의 목소리를 필요로 한다. 진실은 화자의 인종, 성별, 계급을 따진다.

진실은 철저하게 위계화되어 있다. 우리나라라고 치면, 같은 노동자라도 동남아 외국인 노동자보다는 한국인 노동자가 더 진실되다. 같은 인텔리라도 영어를 유창하게 하는 인텔리가 그렇지 못한 인텔리보다 진실되다.

결국 문제는 권력이다. 인종, 성별, 계급에 따른 권력 격차가 줄

어든다면, 진실의 위계화 역시 상당히 완화될 것이라고 예상할 수
있다.

나무에 오를 때
가지를 붙잡는 것은
족히 이상하지 않고

낭떠러지에 매달렸을 때
손을 놓을 수 있음이
장부라.

- 도천

누군가의 선택

나는 이 문장을 『백범일지』에서 처음 봤다. 너무 멋있는 말이라 생각해서 원문인 한문도 외웠다. 한문은 "득수반지부족기 현애철수 장부아(得樹攀枝不足奇 懸崖撒手丈夫牙)"였다.

이 말은 꽤 많이 알려져 있다. 인터넷에서도 치면 여기저기서 많이 나온다. 나처럼 『백범일지』에서 보고 멋있는 말이라고 생각한 사람이 많았던 모양이고, 그래서 여러 글에서 사람들이 많이 인용한 탓에 더욱 유명해진 말이다. 한 마디로 이 말이 유명해진 것은 순전히 『백범일지』 때문이다.

나중에 안 사실이지만, 이 말은 김구가 한 말이 아니었다. 김구가 '좋아한 말'이었다. 이 말의 본래 주인은 13~14세기 초에 활동한 것으로 알려진 송나라의 도천(道川) 스님이다. 『금강경』에 도천의 선시(禪詩)로 기록되어 있다.

(엄밀하게 말하면, 김구가 옮긴 것과는 한자가 조금 차이가 난다. 『금강경』에는 "특수반지미족기 현애철수장부아(得樹攀枝未

足奇 懸崖撒手丈夫牙)"로 기록되어 있다. 그러나 뜻은 거의 비슷하다.)

말이라는 게 누가 어떤 상황에서 사용하는가에 따라 다른 맥락으로 읽히기도 한다. 도천은 스님이다. 당연히 이 말도 불법과 관련이 있다. 불법을 깨치기 위해서는 두 가지가 필요하다. 우선 깨달음을 얻기 위한 집요한 노력과 욕망이 필요하다. 그러나 한편으로는 그러한 노력과 욕망까지도 미망이나 집착에 불과하다는 것을 깨달아야 한다. 이것은 모순이다. 이 모순을 초극했을 때 불법을 얻는다. 도천은 이 두 모순과 초극을 효과적으로 표현하고자 이 말을 사용했을 것이다.

그러면 김구는? 그는 잘 알다시피 독립운동가다. 김구는 독립운동에 필요한 자기 훈련과 유사시 목숨까지도 과감히 버릴 수 있는 용기와 기개를 표현하기 위해 이 말을 옮겼다.

그러나 이 말에 가장 어울리는 삶을 산 사람은 도천도 김구도 아니고 노무현이라고 나는 생각한다. 2009년 노무현 전 대통령이 자살한 이후, 그를 생각하면 내 머리 속에는 줄곧 이 문장이 따라다녔다. 그의 삶은 이 한 문장으로 표현될 수 있다고 생각될 정도로 절묘하게 잘 맞아떨어졌다.

그는 정치적 자산이 거의 없는 사람이었다. 가난한 농민의 아들에 상고 출신이었다. 유일하게 대한민국 주류에 포함될 수 있는 출신성분이라야 영남출신이라는 것이었는데, 그것도 그가 속한 정당이 민주당이었다는 점을 생각하면 메리트가 되기 힘들었다. 영남은 민주당의 변방이었기 때문이다.

사법고시를 패스해 변호사가 되어 민주화 운동에 뛰어들었지만, 그는 운동권 내부에서도 변방이었다. 상고 졸업이 학력의 전부인 그는 '정통 운동권 계보'에도 속하는 사람이 아니었다. 학벌·지연·혈연으로 강력한 인적 네트워크가 구축된 한국사회와 정계에서 그는 확실히 이질적인 존재였다.

그런 사람이 세상을 바꿔보겠다고 정치를 했다. 그는 원칙주의자였다. 그는 자신이 고수한 정치적 이상과 원칙 때문에 정치판에서 판판이 깨져나갔고, 그 때문에 역설적으로 대중적 인기가 높아진 정치인이었다. 우리나라에서는 이제까지 본 적이 없는 유형의 정치인이었다.

대통령 선거에 나섰을 때도 그랬다. 대한민국 역사에서 그처럼 돈도, 조직도 없이 대통령 선거에 뛰어든 후보는 없었다. 초반의 지지율은 매우 낮았다. 그러나 그는 온몸을 던져 정면 돌파할 건 정면 돌파하고, 설득할 건 설득하며 스스로 돌풍을 만들어나갔다. 그는 사람의 마음을 뜨겁게 달구는 재주가 있었다.

그러나 대중적 인기만으로는 부족했다. 대통령이 되려고 해도, 대통령이 된 후 국정 운영을 해나가기 위해서도 제도권 인사나 엘리트들의 도움이 필요했다. 그는 함께 할 수 있는 사람이라고 판단되면 기꺼이 찾아가 머리를 숙이고 함께 세상을 바꾸어 나가고 설득했다.

대통령에 당선된 후에도 상황은 여의치 않았다. 보수 기득권 세력은 그를 사실상 대통령으로 인정하지 않았다. 도저히 대통령이 될 수 없는 사람, 대통령이 되어서는 안 되는 사람이 어쩌다 운이 좋아 당선된 것으로 봤다. 어떻게 하면 그를 대통령이라는 자리에서 끌어내릴 수 있을지 골몰하던 거대 보수 야당은 결국 별 것도 아닌 일을 트집 잡아 취임 1년 만에 그를 탄핵 소추해버렸다. (많은 국민들은 그가 탄핵 위기에 놓였다는 것은 기억한다. 그러나 왜 그랬는지에 대해서는 잘 기억하지 못하는 경우가 많다. 그럴 정도로 사소한 일이었다.)

잘 알려진 일은 아니지만, 노무현은 그 때 뇌출혈이 발생했다. 당시 청와대 홍보수석이었던 천호선은 "노 전 대통령이 갑자기 '어, 호선씨 내가 말이 이상해'라고 했고, 그 이후에 말이 느려지고 발음이 부정확해졌다"며 "미세한 뇌출혈이 있었던 것으로 드러났다"고 증언한 바 있다. 스트레스가 얼마나 심했는지를 짐작케 하는 대목이다.

왜 안 그렇겠는가. 국민들이 많은 기대를 갖고 당선시켜 주었는데, 이유야 어쨌든 탄핵되어 버린다면 엄청난 국가적 혼란이 초래될 것이기 때문이다.

대통령이 되기까지 그의 여정은 길고도 지난한 것이었다. 그는 사회개혁을 위한 등정에서 필요하면 가지를 붙잡았다. 올라가는 시간은 길었지만, 내려오는 데는 몇 초도 걸리지 않았다. 낭떠러지에서 손을 놓을 용기. 비겁하지 않는 자의 최후였다.

그는 왜 자살했을까? 노무현 정부에서 청와대 정책실장을 지낸 변양균은 이런 말을 한 적이 있다. "아마 대통령께서 그런 결심을 하게 된 것이 주변사람들의 희생 때문이지 않았나 싶어요. 옆에서 쭉 지켜보니까, 자신의 어려움에는 굉장히 강한 분이었어요. 그런데, 자신 주변사람이나 아랫사람의 어려움은 못 견뎌 하더군요. 책임은 항상 혼자 다 지려고 했던 분이니까……."

이 말도 일리는 있다. 분명한 것은 있다. 그가 자신의 목숨을 구차하게 구걸하지 않았다는 점이다. 그는 자신의 죽음으로 민주개혁진영의 몰락을 막았다. 그다운 선택이었다.

절망은 허무하다.

희망이 그러하듯.

- 루쉰

의미와 무의미

언젠가 '당신은 어떤 사람입니까?'하는 질문을 받은 적이 있다. 어떻게 답변했는지 기억나지 않는다. 아마 잘 답변하지 못했을 것이다. 이런 질문이 원래 답변하기 힘들지 않은가.

잘 답변하지 못한 질문은 기억에 남는 법. '나는 어떤 사람일까?'하고 생각해보게 되었다. 내 머리 속에 떠오른 것은 세 단어였다. '단기적 비관주의자, 장기적 낙관주의자, 궁극적 허무주의자.' 나를 굳이 표현하자면, 이렇게 표현할 수 있지 않을까 싶었다.

나는 단기적으로 우리 사회, 혹은 세계에 별 희망이 없다고 본다. 여기서 말하는 '단기'란 몇 년을 가리키는 것이 아니다. 나는 내 생전에 좋은 세상이 올 거라는 기대가 별로 없다.

내 글에는 비관의 정조가 흐른다. 어설픈 희망을 줄 바에는 차라리 절필하는 것이 낫다고 생각한다. 나의 글은 오히려 절망을 안겨주는 데 초점이 맞춰져 있다.

나는 제대로 절망하는 것이 매우 중요하다고 생각한다. 역설적으로 들리겠지만, 그래야 세상에 희망이 있다고 본다. 어설프게 희망을 주는 것은 절망적 상황을 직시하지 않고 회피하는 것이다. '사람은 희망을 갖고 살아야 한다' '희망이 있어야 살 수 있다'는 당위적 주장 속에서 억지로 희망을 만들어내는 것은 자신과 세상에 대한 기만일 뿐이다. 그것이 오히려 상황을 악화시킨다.

'장기적 낙관주의자'라는 것도 세월이 흐르면 좋은 세상이 도래할 것이라고 생각해서 하는 말은 아니다. 세상에 저절로 좋아지는 것은 없다. 그런 결정론적 사고는 버리는 것이 좋다. 크고 작은 노력과 실천만이 세상을 바꾼다. 세상일에 대한 우리의 주체적인 개입과 참여가 있어야 한다.

내가 글을 쓰는 것도 참여의 일환이다. 미래 변화에 대한 기대가 전혀 없다면 글을 써야 할 이유가 없을 것이다. 내 생전에 좋은 세상이 오진 않더라도, 내가 죽은 후라도 좋은 세상이 오기를 기대하는 마음. 그 때문에 글을 쓴다. 그런 측면에서 나는 '장기적 낙관주의자'다.

그러나 이런 노력과 변화도 범우주적 관점에서 보자면, 허무하다. 어차피 모든 것은 물거품처럼 사라져버릴 것이기 때문이다. 인류는 결국 멸종할 것이다. 그것은 그럴 수도 있고, 안 그럴 수도 있는 것이 아니라, 정해져 있는 일이다.

그도 그럴 것이 태양도 연료가 다 타면 식는다. 그것은 필연이다. 태양이 식으면, 당연히 지구의 모든 생명체도 죽는다. 인류도 멸종하고, 인류가 이루어놓은 문명도 끝이다.

사실 태양이 식는다는 것은 너무 먼 일이다. 그 때까지 인류가 존속할지 미지수다. 나는 그보다 훨씬 일찍 멸종할 가능성이 농후하다고 본다. 현재 인류가 양산해내는 기후 문제, 물 문제, 식량 문제, 핵전쟁의 위험, 유전자 조작 문제, 에너지 문제, 전염병 문제 등을 생각하면 그렇게 생각하는 것이 현실적이다. (인류가 멸종한다면, 이 문제들 중 하나 때문이 아니라 문제들이 교차 발생한 결과일 것이다.)

범우주적 관점에서 생각하면, 인간의 모든 노력이 다 부질없다. 그러나 사회적 관점에서 보면, 인간의 삶은 얼마든지 의미 있는 것이 될 수 있다. 그러니까 가능성이자 한계가 함께 있는 것이다. 인간의 삶이 사회적으로 '의미 있는 것이 될 수 있다'는 점에서는 가능성이지만, 인간 사회를 벗어나면 의미를 획득할 수 없다는 점에서는 한계다.

꽃이 아름다운 것은 한때 피었다 지기 때문이다. 인간이 삶의 아름다움을 추구하는 것도 그 끝이 있다는 것을 알기 때문이다. 인류가 우주에 존재하는 것도 비슷하지 않을까? 우주에 인간과 같은 고도의 지적 능력을 가진 존재가 출현하는 것은 불가능하지는 않

다 하더라도 매우 드문 일임은 분명하다. 인류가 아름답게 존재하
다 사라져야 할 것 같은데 그렇지 않을 것 같아 걱정이다.

인간은 마침내
우주의 냉혹한 광막함 속에
혼자 있다는 것을 알아버렸다.

이 광막한 우주에서 인간은
우연히 출현하였다.

- 자크 모노

우주 안의 고독

우리 집 근처에 하천이 하나 있다. 거기에 백로도 살고, 왜가리도 살고, 야생오리도 산다. 나는 거기를 자주 걷는다. 심심해도 걷고, 운동 삼아 걷고, 글이 잘 안 풀릴 때도 걷고, 고민이 있을 때도 걷는다.

밤에 걸을 때도 많다. 그럴 때는 걷다가 종종 하늘을 올려다본다. 도심의 밤하늘이 많이 오염되었다고는 하지만, 그래도 보면 별이 보인다. 좀 더 집중해서 보면, 희미하기는 하지만 별들이 밤하늘에 가득 차있음을 알 수 있다. 밤하늘의 별은 그야말로 바닷가의 모래알만큼 많다. 눈에 보이는 그 많은 별들조차도 우주의 극히 일부분에 불과함을 나는 알고 있다.

저 수 많은 별들 중에 하나의 별인 지구, 그 지구에 따개비처럼 붙어사는 인류, 그 중에서도 하나의 개체에 불과한 나는 얼마나 작은가. 우주적 관점에서 '나'라는 존재는 아무것도 아닌 것이다.

이런 생각을 한 것은 언제부터였을까? 아마 초등학생 시절 여름

방학에 해남의 사촌 누나네 집에 놀러갔을 때였을 것이다. 해남 바닷가에서 하루 종일 뛰어노는 나는 저녁에 누나네 식구들과 마당 평상(平床)에 둘러앉아 수박을 배부르게 먹었다. 그리고는 평상에 벌렁 드러누웠다. 그러자 수많은 별들이 눈으로 쏟아져 들어왔다.

태어나서 그렇게 많은 별들은 처음 봤다. 모깃불 사이로 보이는 수많은 별들, 그 별들 사이에 박힌 깊이를 알 수 없는 어둠. 눈으로 쏟아지는 별들을 보노라니, 내 몸이 허공으로 붕 뜨는 것 같았다.

그와 동시에 이상한 비현실감이 엄습해왔다. 내가 이렇게 태어나서 존재한다는 것, 세상이 이렇게 존재한다는 것, 이렇게 내 눈으로 밤하늘을 바라보고 있다는 사실까지도 비현실적으로 느껴지는 것이다. 광대무변(廣大無邊)한 우주는, 세상에 무언가가 존재한다는 것이 당연한 일이 아니라는 것, 그것은 여러 요소들이 절묘하게 맞아떨어졌을 때 생겨나는 것임을 무언으로 가르쳐주는 것 같았다.

나는 그때의 느낌을 지금도 잊을 수 없다. 그래서 나이가 든 지금도 산책을 하다 멍하니 하늘을 바라보곤 한다.

불교의 고사 중에 '맹귀우목(盲龜遇木)'이라는 것이 있다. 직역하면 '눈 먼 거북이 나무 널빤지를 만나다'는 뜻이다. 내용은 이렇다.

망망대해에 눈 먼 거북이 한 마리가 산다. 이 거북은 바닷 속에 가라앉았다가 1백년에 한 번 물 위로 떠오른다. 그렇게 한번 떠오르고는 다시 바다 밑으로 가라앉아 산다. 그러다 1백년이 지나면 다시 물에 떠오르고……이러기를 반복한다.

　그리고 이 망망대해에 가운데 동그랗게 구멍이 뚫린 널빤지 하나가 동동 떠다닌다. 망망대해에 떠다니는 작은 널빤지니, 우리 같은 사람이 배를 타고 바다를 찾아 헤맨다고 해도 그것을 발견하기란 거의 불가능에 가깝다.

　그런데 자주 떠오르는 것도 아니고, 1백년에 한 번씩 수면 위로 떠오르는 거북, 그것도 눈이 멀어 자신이 목표한 곳으로 헤엄쳐서 갈 수도 없는 거북, 그래서 설사 바로 앞에 널빤지가 있더라도 그것을 보고 그 목을 꿸 수도 없는 거북이 자신의 목을 널빤지 구멍에 꿰는 것, 그것이 맹귀우목이다.

　이 거북이 자신의 목을 널빤지 구멍에 꿰는 것은 100% 우연에 의해서만 가능하다. 이런 일이 발생할 확률은 얼마나 될까? 말할 수 없이 적을 것이다. 굳이 말하자면 그것은 0.0000000000000000001%도 안 될 것이다. 여러 요소들이 절묘하게 맞아 떨어져 엄청나게 적은 확률의 사건이 기적 같이 일어날 확률! 그것이 맹귀우목 고사가 말하고자 하는 바이다.

맹귀우목의 고사는 본래 사람으로 태어나 불법(佛法)을 만날 확률이 얼마나 기적 같은 일인지를 묘사한 것이다. 그러니 불법을 만난 것을 희대의 행운으로 생각하고, 그것을 소중하게 여기라는 말이다.

그러나 이 고사는 사람으로 태어날 확률 자체에 대한 묘사라고 봐도 무방하다. 의식이 발달한 존재인 인간은 말할 것도 없고, 우주에서 생명체가 생겨나는 것 자체가 매우 희귀한 일이기 때문이다. (물론 우주 자체가 인간이 상상하기 힘들 정도로 크기 때문에 어디엔가 또 다른 생명체가 있을 가능성은 있다. 그러나 SF 영화에서처럼 우리가 외계인을 만날 가능성은 거의 없다. 우주에서 생명체가 생겨나는 것 자체가 너무 희귀한 일인데, 그 외계인이 엄청난 과학기술을 발전시켜 지구를 찾아오는 것은 더 희귀한 일이기 때문이다.)

인간은 의식이 매우 발달한 동물이다. 저 깊고 넓은 우주의 어둠은 모든 것의 본질인 무와 공허를 깨닫게 한다. 인간은 그것을 오롯이 혼자 깨닫고 직시해야 한다. 그것은 사무치는 고독감을 불러일으킬 수밖에 없다. 인간이 갖는 근본적인 불안과 고독은 고도로 발달한 의식에서 나온다.

우리를 비참에서 위로해주는 유일한 것은
위락이다. 그러나 위락이야말로 우리의
비참 중에 가장 큰 것이다.
왜냐하면 우리 자신을 생각하지 못하게
주로 가로막고, 우리가 모르는 사이에
파멸시키는 것이 바로 이것이기 때문이다.

위락이 없으면 우리는 권태를 느낄 것이고,
이 권태는 우리에게 거기서 빠져나올
더 확실한 방도를 찾게 할 것이다.

그러나 위락은 우리를 즐겁게 하며
모르는 사이에 죽음에 이르게 한다.

- 파스칼

진짜, 죽이는 오락

인터넷에서 끔찍한 사진을 본 적이 있다. 2012년에 일어난 일이라는데, 대만 PC방에서 23시간 동안 게임을 하던 20대 남성이 사망한 사진이었다. 눈에 띄는 것은 그가 죽은 자세였다. 게임하던 자세 그대로 죽어 있었던 것이다. 시체를 수습하기 위해 의자를 뒤로 뺐을 때에도 그는 화석처럼 게임하던 자세를 그대로 유지하고 있었다.

등은 키 높은 의자에 푹 파묻고, 두 손은 키보드와 마우스를 향해 앞으로 쭉 뻗고, 액정화면에 빨려 들어갈 듯한 거북목 자세 그대로 의식을 잃은 남자. 그 자세로 죽어버린 탓에 PC방에 있던 사람들은 그가 죽은 줄을 몰랐다. 무려 9시간이 지나서야 사람들은 그가 사망한 것을 알았다.

미디어 학자 닐 포스트만의 『죽도록 즐기기』라는 책이 있다. 이 제목은 단순한 비유가 아니다. 값싼 오락에 무한 노출되어 있는 현대인들은 말 그대로 '죽도록 즐긴다.'

'죽도록 즐긴다'는 말에는 두 가지 의미가 있다. 하나는 기간, 즉 죽을 때까지 평생 즐긴다는 의미. 다른 하나는 강도, 즉 죽을 만큼 강한 자극으로 즐긴다는 의미.

사회에서 금지되는 것들은 적지 않지만, 오락만은—마약이나 강간 같은 형사사건으로 비화할 수 있는 건 제외하고—매우 관대하게 허용된다.

자본주의 사회에서 오락을 즐기는 데 있어서 유일하게 걸림돌이 되는 것은 돈인데, 그것도 크게 걱정할 건 없다. 디지털 혁명으로 값싸면서도 자극적인 오락이 넘쳐나기 때문이다.

오락은 시민의 권리이다. 흔히 우리가 듣는 '내 돈 내고 내가 즐기는 데 당신이 무슨 상관이냐?'는 말은 권리로서의 오락성을 잘 드러낸다.

오락을 즐기는 것은 의무이기도 하다. 오락은 여타 산업의 '창구' 역할을 한다. 현대 산업사회에서는 모든 것이 오락성을 매개로 한다. 영화나 게임 같은 문화산업, 혹은 대량소비를 추동하는 광고는 물론이고, 자못 심각해 보이는 뉴스나 선거운동 같은 것도 재미가 있어야 한다.

오락만큼 권력이 이용하기 좋은 체제수호의 수단도 없다. 말초적 오락에 정신이 팔려있는 민중은 비판적 의식이 무뎌진다. 그런 민중을 권력이 기만하고 조종하고, 진실을 왜곡하고 은폐하기란 식은 죽 먹기다.

정치적으로나 경제적으로나 오락은 체제 수호에 효율성이 높은 기제다. 그러므로 사람들이 오락을 즐기는 것은 일종의 의무가 된다.

요즘에는 전철에서 스마트 폰으로 게임을 하는 사람들이 많다. 지금은 게임을 전혀 하지 않지만, 젊을 때에는 나도 컴퓨터 게임을 한 적이 있었다. 그때를 생각해보면 즐거움 때문이 아니라, 권태를 '견디기 위해' 게임을 했었다. 지금도 그렇다. 많은 오락은 권태를 벗어나게 하는 것이 아니라, 권태와 분명히 함께 하고 있다.

예전에 '군중 속의 고독'이라는 말이 있었다. 그 어법을 따르면, '자극 속의 권태'라 할 만한 현상이 우리 사회를 배회하고 있는 것은 분명해 보인다.

오늘도 나는 전철에서 한 청년이 스마트 폰으로 게임과 채팅을 동시에 하고 있는 것을 봤다. 청년은 게임 속에서 칼날과 섬광을 날리며 적을 물리치다가, 채팅 창으로 문자가 들어오자 무표정하게 "ㅋㅋㅋㅋㅋㅋㅋ"하는 문자를 순식간에 날리고, 다시 게임으로 복귀해 가상의 적과 싸웠다.

대답이라기보다는 반응에 가까웠다. 자고 있을 때 누가 흔들어 깨우면 잠결에 '어'하는 것 같은 반응 말이다. 대화를 하는 것도 아니고, 상대방에 대해 관심이 있다고는 보기 힘든 무관심에 가까운 반응.

그것을 보노라니 권태에 대한 자장(磁場)이 청년을 감싸고 있는 것은 아닐까 하는 느낌이 들었다. 권태로운 상황에 익숙해지다 보니, 오히려 그 상황이 편하고, 자꾸 거기로 회귀하려는 것 아닌가 하는.

내가 오전과 오후를 몽땅 사회에
팔아야 한다면 살아갈만한
가치라고는 조금도 남지 않게
될 것이다.

……사람이 매우 부지런할 수는
있지만, 그렇다고 시간을 잘 보내는
것은 아니라고 말하고 싶다.

- 소로

노동의 쓸모

중학교 때였다. 담임이 "누가 유리창 좀 갈아오겠느냐?"고 물었다. 내가 번쩍 손을 들고 냅다 소리를 질렀다. "저요! 제가 다녀오겠습니다!"

담임은 '저 녀석 괜히 공부하기 싫으니까⋯⋯.'하는 눈빛으로 잠시 쳐다보더니, "그래, 주번하고 같이 다녀와." 했다.

수업 하나를 합법적(?)으로 튕길 수 있는 기회였다. 게다가 학교 밖으로 나가는 일, 즐거운 일탈이 아닌가. 나는 들뜬 마음으로 주번과 함께 깨진 유리창을 떼어들고 당당히 교문을 통과했다.

지금은 안 그럴 것 같은데, 내가 학교 다닐 때에는 창문의 유리창이 깨지면 이렇게 학생들이 유리가게로 가서 유리창 갈아오는 심부름을 했다.

초등학교 때까지는 수업시간이 길지 않아, 그럭저럭 학교를 다닐 만했다. 그런데 중학교에 올라가니, 하루의 대부분을 학교에 머

물러야 했다. 재미도 없는 공부를 한답시고 그 긴 시간을 교실에 앉아있자니. 지루하기 짝이 없었다. 자연스럽게 어떻게 하면 하루를 지겹지 않게 때울 수 있는가가 주요 관심사가 되었다. 그날도 그랬다. 유리창을 갈러 잠시라도 밖에 다녀오면 하루가 훨씬 수월하게 지나갈 터였다.

학교 밖에 나가니 볕이 무척 좋았다. 교실의 음침함과 대조적이었다. 그러나 합법적 일탈의 쾌감도 잠시. 뭔가 낯설고 불편했다. 그도 그럴 것이 학교 밖에는 내 또래 청소년들이 전혀 없었다. 누군가 싹쓸이라도 한 듯 씨가 말라 있었다.

그런 거리를 돌아다니려니 불편한 마음이 드는 건 당연했다. 어른들의 눈초리도 불편했다. '학교에 있을 시간에 돌아다니는 애들은 뭐지? 불량 청소년인가?'하는 눈빛이었다. 학교만 벗어나면 잠시라도 감시와 통제를 벗어날 수 있으리라는 것, 자유를 만끽할 수 있을 것이라는 생각은 잘못된 것이었다.

나는 지금도, 한창 신체활동이 왕성해야 할 십대를 공부시킨답시고 하루의 대부분을 교실 안에 강제로 가두어놓는 것은 그 자체로 폭력이라 생각한다. 교육의 내용이 무엇인가에 상관없이 그렇다.

'생계를 위한 노동'도 마찬가지다. 지금 같은 높은 생산성이라면, 무슨 일을 하든지 하루 4시간 정도 일하면 생계를 유지할 정도의 임금이 지급되어야 한다고 본다. 양극화된 부의 분배 시스템을 민주적으로 규제하면 충분히 가능한 일이라고 생각한다.

단지 '먹고 살기(생존하기) 위해' 하루의 대부분을 일하는 데 보내야 한다면, 그것은 노예와 다를 바 없다. 우리는 바쁘게 사는 것을 미덕으로 안다. 그러나 그 바쁜 것이 단지 생존을 위한 것이라면 슬픈 일이다.

린위탕(林語堂)은 『생활의 발견』에서 이런 글을 쓴 적이 있다. "지금 나는 책상 앞에 앉아있는데, 창문 저쪽에 보이는 교회의 첨탑 주위를 비둘기 한 마리가 날고 있다. 그러나 비둘기는 점심에 먹을 것에 대해 전혀 걱정하지 않는다. 비둘기의 점심보다는 내 점심이 훨씬 더 복잡하다는 것, 또 내가 먹는 음식 중에는 수천 명이나 되는 일꾼들이 노동하고, 거래하며, 물건을 실어 나르고, 배달하고, 가공하는 등의 고도로 복잡한 조직 활동이 포함되어 있음을 나는 알고 있다. 인간이 짐승보다 먹을 것을 얻기가 힘든 것이다. 만약 도시에 풀어놓은 한 마리 야수가 있어, 도대체 인간이란 무엇을 구하려고 저렇게 아등바등하는가 하고 생각한다면 인간 사회에 대해 깊은 회의와 곤혹을 느낄 것이다."

먹고 사는 문제에 있어서 지구상의 모든 동물 중 인간만큼 어려움을 겪는 동물은 없다. 온갖 문제들을 효율적으로 해결한다는 문명의 이기 속에 살고 있는데도 그렇다. 그렇다면 문명사회가 갖는 편리함과 효율적 이미지는 무엇이란 말인가? 곰곰이 생각해볼 일이다.

그 말들이 나를 찾아왔다

초판 1쇄 발행 2019년 2월 22일

글쓴이 박민영
펴낸이 김정한
그린이 이갑규
디자인 김현진

펴낸곳 어마마마
임프린트 이불

출판등록 2010년 3월 19일 제 300-2010-35호
주소 서울특별시 종로구 율곡로 191-1 디그낙 빌딩 3층
문의 070-4213-5130 (편집) 02-725-5130 (팩스)

ISBN 979-11-87361-07-7
정가 13,000원

* 이불은 어마마마의 문학 전문 브랜드입니다.
* 잘못된 책은 바꿔 드립니다.

이 도서의 국립중앙도서관 출판예정도서목록(CIP)은 서지정보유통지원시스템 홈페이지
(http://seoji.nl.go.kr)와 국가자료종합목록시스템(http://www.nl.go.kr/kolisnet)에서
이용하실 수 있습니다. (CIP제어번호 : CIP2019003237)